Piccola Biblio

Dello stesso autore

nella collezione Oscar

La seconda notte di nozze

PUPI AVATI

IL NASCONDIGLIO

OSCAR MONDADORI

© 2007 Arnoldo Mondadori Editore S.p.A., Milano

I edizione Piccola Biblioteca Oscar settembre 2007

ISBN 978-88-04-57276-3

Questo volume è stato stampato
presso Mondadori Printing S.p.A.
Stabilimento NSM - Cles (TN)
Stampato in Italia. Printed in Italy

www.librimondadori.it

Il nascondiglio

Il pomeriggio del 22 dicembre 1957 una forte perturbazione atmosferica si abbatté sul Midwest americano raggiungendo alle cinque del pomeriggio la città di Davenport, nello Stato dell'Iowa.

Egle era una diciassettenne magra, alta, foruncolosa e dallo sguardo triste.

Indossava il grezzo grembiale di tela delle converse, babbucce di panno e aveva i capelli raccolti in una cuffietta di cotone.

Dopo essersi guardata attorno, certa di essere sola, sollevò il coperchio di un pianoforte verticale deponendo sul leggio uno spartito che aveva come frontespizio la foto di un sorridente e impomatato Perry Como.

Un rapido esame della partitura le permise di eseguire sulla tastiera la successione di accordi dell'accompagnamento accennando quindi, sottovoce, il ritornello di una popolare canzone di quel tempo.

> *Magic moments,*
> *mem'ries we've been sharing...*
> *Magic moments,*
> *when two hearts are...*

L'ostinato ronzio di un cicalino la costrinse però a interrompere l'esecuzione per raggiungere un citofono collocato ai piedi di una scala imponente. Sollevò la cornetta.

«Pronto, madre...» disse mascherando a stento la sua insofferenza.

La voce stanca di una donna anziana: «Liuba?».

«Non è ancora tornata...» le rispose la giovane. «Con questo tempo...»

«Portami il cestino da lavoro...»

«Va bene...»

Riattaccò e, dopo aver lanciato un'occhiata di rammarico all'amato pianoforte, recuperò da un tavolinetto di vimini il cestello.

Affrontò i primi gradini della grande scala mentre le ripetute interruzioni della corrente elettrica sottoponevano il filamento della lampadina che pencolava dal soffitto a un alternarsi di spegnimenti e accensioni, preludio al precipitare dell'intera casa nel buio più profondo.

Egle continuò la salita della scala reggendosi alla balaustra ma inciampò, rovesciando pizzi, cotoni, nastri, aghi, uncinetti, ferri da calza, ditali. Un uovo di legno rotolò lontano.

Si chinò, cercando di recuperare la gran parte del contenuto del cestello.

Fece scivolare il cono di luce di una torcia elettrica tutt'intorno a sé alla ricerca dell'uovo di legno, ma inutilmente.

Desistette, riprendendo la salita della scala.

Bussò timidamente a una porta, aprendola ancor prima di aver ricevuto risposta dall'interno.

Un'anziana monaca, distesa su un grande letto, stava leggendo un libro di preghiere al debole chiarore di una lampada a petrolio.

«E Liuba?» domandò la superiora alla giovane.

«Non è ancora tornata... nevica tantissimo...» rispose la ragazza avvicinandosi al letto e porgendo alla donna il cestino da lavoro. «Sono inciampata... l'ho rovesciato... credo di aver raccolto tutto... tranne l'uovo di legno... debbo aspettare che torni la luce...»

«C'è qualcuno che bussa di sotto...» disse la monaca.

Egle tacque, in ascolto: in effetti dal piano sottostante provenivano sordi, ripetuti colpi.

«Speriamo sia lei...» disse la giovane abbandonando in fretta la stanza.

Spalancò la grande porta d'ingresso e venne immediatamente investita da un turbinio di neve e vento.

«Non la sentivamo...» si giustificava lei gridando. «Siamo senza corrente...»

«Sta male!» le urlò di rimando un uomo indicando la portiera spalancata di un taxi.

«Chi?»

«Aiutami!» replicò sbrigativo lui raggiungendo la vettura.

Lei lo seguì, incurante della neve.

Sul sedile posteriore, avvolta in una coperta lurida, c'era una giovane che si lamentava.

«Liuba!» esclamò Egle riconoscendola.

«Le gambe... prendila per le gambe... e spingila verso di me...»

«Ma cos'ha fatto?... cos'è successo?!» domandò angustiata la ragazza.

Della giovane sofferente era possibile intravedere solo parte del volto, esangue, e una ciocca di capelli nerissimi e fradici.

«Cos'è successo, non vuole dirmelo?!» insistette lei, sobbarcandosi parte del peso.

«Di sicuro ha bevuto... e parecchio...» ansimò l'uomo. «Dal Black Hawk a qui non ha fatto che vomitare...»

«Là dentro» disse la ragazza indicando con il raggio della torcia elettrica uno stretto corridoio.

«Che la madre superiora non lo venga a sapere...» gemeva la ragazza evidenziando un accento straniero.
«Come posso non dirglielo?» protestava Egle. «Come posso? Lo sai poi che se la prende con me...»
Con l'aiuto dell'uomo, la adagiarono su un letto all'interno di una stanza del piano terra.
«Io vado» disse lui.
«No... aspetti, la prego... non può andarsene senza aver parlato alla nostra superiora... potrebbe arrabbiarsi con noi, e non è tenera...» lo supplicava Egle agitatissima.

Liuba, alla vista della madre superiora, si abbandonò a un pianto convulso.
«Cosa ti hanno fatto?» le domandò la religiosa chinandosi su di lei. «Sei tornata da quello?!»
Ma non ebbe per risposta niente altro che singhiozzi.
«Ha bevuto troppo...» intervenne il taxista. «È il portiere dell'albergo che me l'ha detto ficcandomela dentro il taxi... qualcuno di quei delinquenti si è divertito a farla ubriacare...»
«Ma lei lo sa quanti anni ha? Diciassette... diciassette anni, capisce?» replicò la monaca.
«Ho pensato di portarla alla polizia per una denuncia, ma lei non ha voluto assolutamente, strillava come una pazza...»
Nel frattempo, malgrado le proteste, la giovane straniera era stata liberata dalla coperta rivelando un abito strappato in più parti.
La superiora ed Egle si scambiarono un'occhiata piena di angoscia.

«Senta, il telefono è isolato...» disse la monaca rivolgendosi con tono accorato all'uomo. «Lei conosce il dottor Hall...»
«Quello di Moline...»
«Lui... è il nostro medico... occorre farlo venire subito... dobbiamo capire cos'è successo...»
L'uomo annuì, stringendosi nelle spalle.
«Allora è meglio che vada, prima che la neve renda impossibile risalire quassù...»
Il taxista abbandonò la stanza accompagnato da Egle che gli faceva strada con la torcia.
L'uomo uscì raggiungendo la sua auto e liberando con le mani il parabrezza dalla neve.
Lei stava richiudendo la porta quando la voce della superiora la fece girare di scatto.
«Dove sei?»
«Qui...»
La religiosa le si avvicinava emergendo dal buio. Egle avvertì su di sé lo sguardo penetrante della donna.
«Stai bene attenta...» le sussurrava. «Ora tu vai a chiamare la signora Wittenmeyer... mi raccomando, Egle, senza che la Shields se ne accorga... hai capito, vero?»
«Sì.»
«Senza che la Shields sospetti di nulla...» ribadì perentoria la monaca.

Egle stava salendo la scala quando fu raggiunta da grida lontane provenienti dal sotterraneo della casa.
Preceduta dai saettanti raggi della torcia, raggiunse la tromba dell'ascensore.
«Aiuto! Dove siete?! Aiuto!» gridava una donna dal buio della cavità.

«Sono qui... sono Egle...» la rassicurò la ragazza, trattenendo un moto di insofferenza.

«È un'ora che chiamo, che sono bloccata dentro questa trappola... da quando manca la luce... possibile che non mi abbiate sentito?!» protestava l'anziana signora Wittenmeyer.

Egle fece ruotare più volte la manovella che comandava una serie di ingranaggi ottenendo la lenta risalita della cabina.

La signora Wittenmeyer era una donna grassa, sulla settantina, dai capelli striati di vecchie tinture, stretti sulla nuca. Indossava una lunga vestaglia di broccato alla moda delle dame del Sud e aveva labbra carnose, tinte di un colore violaceo, sulle quali incombeva un naso polposo e ridondante.

«È che Liuba sta male... l'hanno trovata nell'albergo di quello...»

«Ancora da quello?» domandò la grassona scandalizzata.

Egle annuì.

«E adesso dov'è?»

«Venga...»

La lampada a petrolio della madre superiora rischiarava solo una porzione del letto sul quale Liuba si era nel frattempo assopita. L'ingresso nella stanza di Egle e della Wittenmeyer fece voltare l'anziana suora verso la porta.

«Siete certe che "quella" è nella sua stanza?» domandò preoccupata alle due.

«Non è scesa di sicuro...» la rassicurò Egle.

La Wittenmeyer, nel frattempo, si era avvicinata al letto fissando Liuba: «Questa è la volta buona che gliela facciamo pagare» sussurrava determinata. «A lei e a suo figlio.»

La religiosa annuì, quindi cercò lo sguardo di Egle.

«Puoi lasciarci sole?» le domandò.

La giovane obbedì, uscendo in fretta dalla stanza.
Nel richiudere, udì le due donne confabulare fittamente.
Avvicinò l'orecchio al battente della porta, restando a origliare.

Erano passate da poco le sette di sera quando il taxista fece ritorno al pensionato. Dietro di lui, lo sguardo perso, un uomo alto, sulla trentina, dai capelli radi, rossastri, il naso adunco, i pantaloni troppo lunghi e il cappotto troppo corto. Si esprimeva con voce dal tono fortemente nasale.

«Il dottor Hall si è preso una settimana di vacanza per passare il Natale con la madre... lo sostituisco io...» disse alla madre superiora, sorridendole ingenuamente, come per giustificarsi.

«Venga.»

Il giovane medico la seguì, dovette curvarsi appena per varcare la porta della stanza dove si trovava Liuba, porta che fu immediatamente richiusa alle sue spalle lasciando Egle e il taxista soli nell'atrio.

«Sta meglio?» si informò l'uomo.

«Non si capisce... piange e basta...» rispose la giovane conversa. «Lo sa bene che non gliela perdoneranno...»

All'improvviso l'intera casa parve riprendere vita. Tutte le lampadine si accesero simultaneamente in concomitanza con il ronzio reiterato del citofono.

«È tornata, finalmente...» esultò Egle raggiungendo l'apparecchio.

«Sì, signora Shields...» rispose esasperata.

«È più di un'ora che ti chiamo!» di rimando la voce di una donna che sbraitava.

«Ma è tornata solo adesso la corrente... e poi Liuba non sta bene...» replicò infastidita.

«E se quell'idiota sta male si paralizza tutto il letamaio?!» strillava isterica la donna.

«Occorrerebbe un esame del sangue e delle urine» diceva il medico uscendo dalla stanza di Liuba. «Comunque la dilatazione eccessiva delle pupille fa supporre che...»
«Droghe?» gli domandò la superiora.
«Al momento non posso escludere nulla...»
«È che ha solo diciassette anni...» disse la monaca «e mi è stata affidata dal vescovo... capisce?... come una figlia... qualunque cosa le dovesse accadere la responsabilità...»
Il medico annuì sorridendo.
«La persona che l'ha attirata in quell'albergo ha già avuto due denunce per stupro...» aggiunse la religiosa.
«Se si riferisce alla sua integrità...» la interruppe il medico «per questo tipo di accertamento occorre un ginecologo o quantomeno un'ostetrica... considerata la situazione, posso suggerirle una collega in grado di svolgere questa indagine senza far trapelare nulla all'esterno...»

Egle approfittò dell'assenza della madre superiora per raggiungere furtivamente Liuba nella sua stanza. Seduta sul letto, accanto a lei, cercava inutilmente di placarne l'angustia.
«Non devi aver paura... non ti succederà niente...» le ripeteva cercando invano di risultare convincente.
«Non è così...» ribatteva l'altra tirandola a sé «non lo capisci?... se davvero mi fanno visitare e scoprono che... se scoprono che lui mi ha... per lui è finita, quelle due non vedono l'ora di vederlo in prigione... mentre lui mi sposa... mi sposa, Egle... è l'unico al mondo che ha promesso di sposarmi... anche se non ho un centesimo e neppure una famiglia...»

«Sei pazza, Liuba... sei pazza a credere a uno così... a credere a queste cose...» replicò Egle rabbiosa. «Lui non ti sposa di certo, e a te ti cacciano...»

«Se divento sua moglie, lo sai qual è la prima cosa che faccio?»

«Smettila, stai male...»

«Ti porto fuori di qui... non l'hai sempre sognato anche tu?... faccio diventare una signora anche te... come me... con una casa che guarda il fiume... con una cameriera che ti serve la colazione e un bel marito dentro il letto...»

«Ma dài, stai delirando...»

«Las mi dà tutto quello che voglio... lo so... una volta sposati... una volta che non deve più dipendere da quella schifosa di sua madre...»

«Smettila!» la implorò lei, cercando di tacitarla, di stornare da sé quei progetti balzani. «Lo sai che siamo delle poveracce... che a noi due non ci può capitare mai niente di buono...»

«E invece sì, ma è importante che lui si salvi, e che...» si interruppe, cercando il suo sguardo.

«Che cosa?»

«Che si liberi della madre...» aveva abbassato il tono della voce.

«Se si libera della madre e paga tutti gli strozzini che gli stanno addosso diventa uno degli uomini più ricchi della città, e io con lui, ma quella visita non me la debbono fare... se vuoi che anche il tuo futuro cambi... te lo giuro, Egle, aiutami a salvarlo e ti prometto che da domani la tua vita cambia per sempre, diventa una vita vera, bellissima da vivere... come noi due l'abbiamo sempre sognata... ma quella visita non me la debbono fare...»

La signora Shields, nel frattempo, era scesa al pianterreno imbattendosi nella Wittenmeyer che pareva attenderla con aria di sfida.

«Si può sapere cos'è successo a quella scema?» domandò con voce priva di qualsiasi forma di compatimento.

Era una donna sulla settantina, di altezza fuori del comune. Malgrado l'età l'avesse ingobbita, tutto in lei faceva trapelare ancora una forza fisica autentica accompagnata da un'assenza assoluta di femminilità.

«L'ha fatta ubriacare e forse drogata e non è difficile immaginare per ottenere cosa...» le rispose con tono accusatorio la Wittenmeyer.

«Mi auguro che non vogliate alludere al mio Las?... Non è a lui che state pensando?!» domandò la Shields a sua volta minacciosa.

«Comunque stiamo cercando un'ostetrica perché venga a visitarla» le comunicò la Wittenmeyer con un sorriso ambiguo.

«Ma non capite che quella troietta sta facendo di tutto per farsi mettere incinta? Per costringere quell'idiota di mio figlio a sposarla... quella polacca schifosa... non capite qual è il suo piano?!... finito di smerdare i culi delle vecchie qui dentro!» gridava con gli occhi iniettati di sangue. «È da quando ha visto Las la prima volta che si è messa in testa di prendere il mio posto... di approfittare della sua ingenuità...»

«Ingenuo Las?» rise la Wittenmeyer scandalizzata. «Ingenuo uno che non può andare dall'altra parte del fiume senza rischiare l'arresto... e là non si tratta di una troietta polacca ma di una minorenne di buona famiglia dell'Illinois...»

La Shields schiumava rabbia.

«Una montatura anche quella... lo sapete che abbiamo nuovi testimoni che stanno per essere convocati... che faranno chiarezza anche su quella storia...»

«Quello che so» replicò dura la Wittenmeyer «è che questa volta non gliela fanno passare liscia e non saranno né i vostri soldi né i vostri amici potenti a evitargli la galera...»

Fu la madre superiora a rispondere al telefono.
«Sì... l'abbiamo cercata noi... tramite il sostituto del dottor Hall... sì, domattina... benissimo...»
Raggiunse il corridoio interrompendo con la sua presenza l'alterco delle due donne.
«Era l'ostetrica... viene domattina presto... ha trovato chi ha un'auto con le catene da neve...»
«Domattina?» la Shields si girò in direzione della religiosa. L'espressione del volto rabbiosa, le vene gonfie del collo, un leggero tremore: «Immagino che non intendiate ripensarci...» chiese con il tono di chi conosce già la risposta.
«Ci spiace...» rispose la Wittenmeyer, sorridendo soddisfatta.
«Va bene» concluse la Shields. «Ricordatevi comunque che in una notte possono accadere tante cose...» aggiunse salendo la scala massiccia.
Egle, nascosta nella rientranza dell'ascensore, aveva udito l'intera conversazione.

St Paul, Minnesota. Clinica psichiatrica Santa Casa di Betlemme. Oggi.

La donna era in piedi, immobile, nella vestaglia che la rendeva goffa, senza sapere cosa fare delle proprie mani, se nasconderle nelle tasche, posarle sul ripiano della lucida scrivania, intrecciarne le dita, in una tensione che le parole rassicuranti del primario non riuscivano ad allentare.

«Una volta fuori di qui è assolutamente normale che si senta travolta dalla realtà, dalla gente, dal traffico, dalla velocità del mondo... ma sarà per poco, poi le piacerà e lei si sincronizzerà con quello che da questo momento è tornato a essere il suo tempo...»

«Ho solo paura» replicò lei incespicando nelle parole. «Non lo so... se mi dovesse capitare ancora di sentire quelle voci... lontana da qui, senza la possibilità di avere un...»

«Le abbiamo dato tutti i nostri recapiti, può mettersi in contatto con noi quando vuole... ma non ne avrà bisogno...» Si era alzato. «Questi sono i tracciati del suo encefalogramma delle notti degli ultimi due mesi...» svolgeva sul tavolo una lunga fettuccia di carta percorsa da una linea continua e zigzagante. «Nessuna interruzione del sonno, nessun risveglio anomalo... quindi nessuna di quelle voci prodotte dalla sua mente che abbiano turbato il suo sonno... e quelle trenta gocce per dormire erano di acqua pura, distillata... un placebo...» aggiunse lui divertito.

«Anche queste sono acqua distillata?» domandò lei estraendo dalla tasca della vestaglia alcune confezioni di medicinali.

Lui le prese e le gettò in un cestino per rifiuti.

«Lei è guarita, completamente guarita... non deve più avere paura di nulla... quindici anni fa lo ricorda come erano le sue notti?... e per quanti anni ha patito quella tortura?»

Lei annuì.

«Se lo metta in testa: è tutto finito, per sempre... piuttosto... ha qualcuno da cui andare... qualche parente che l'aspetta?»

«No, ma ho un lavoro...» disse lei. «Credo di avergliolo detto... prima di ammalarmi, fin da ragazza, ho sempre lavorato nei ristoranti...»

«Ah, sì... quegli spaghetti fantastici che ha cucinato per tutti lo scorso Natale...» rammentò il primario accompagnandola alla porta. «Si faccia bella, perché credo che di sotto vogliano festeggiarla...»

«Sì... l'ho saputo... grazie...» sussurrò lei.

Fu nella luminosa sala riunioni del primo piano che venne accolta da un applauso.

Al centro del piccolo palcoscenico destinato alle rappresentazioni, un omone in pigiama cantava a squarciagola *Magic moments*, un successo dei lontani anni Cinquanta.

Magic moments,
mem'ries we've been sharing...

Lei aveva indossato un abito blu e la sua compagna di stanza aveva collaborato nel truccarle gli occhi e le gote.

Era ben pettinata e l'applauso di tutti i malati, le infermiere, le suore, i medici, la commosse.

C'era una torta con quindici candeline.

«Una per ogni anno che abbiamo vissuto assieme» le disse una donna ridendo divertita. Lei dovette soffiare tre volte per spegnerne la metà.

Prima di andarsene abbracciò tutti e tutti la abbracciarono.

Magic moments,
when two hearts are caring...

Continuava a cantare imperterrito il demente.

Due infermieri la aiutarono a caricare nel bagagliaio del taxi le sue due grandi valige.

Era una giornata di sole.

Guardò la casa che non aveva mai abbandonato per tanti anni. Aveva gli occhi bagnati quando il taxi si mosse e lei si sporse dal finestrino.

Riuscì a scorgere a fatica le tante donne, le tante ragazze, le tante vecchie che la stavano salutando da quel luogo rassicurante che stava lasciando per sempre.

«Dove?» chiese il taxista.

«Alla stazione dei pullman...» rispose lei, che affrontava da sola il grande mondo.

Davenport, Iowa.

Il direttore della banca, un quarantenne di bassa statura, iniziali ricamate sui polsini, baffetti alla Zorro, la fissava con uno sguardo amichevole.

«Pensavamo arrivasse ieri...»

«Lo so... ma in clinica sono giunti tardi gli esiti degli esami di controllo e poi, forse per l'eccitazione, la paura... ieri sera ero al limite delle mie forze...»

«La capisco...» disse lui sottoponendole un foglio. «Qui è specificato tutto... il ricavato della vendita dell'appartamento, dei mobili, dei libri, dell'auto di suo marito, ai prezzi di mercato di quindici anni fa...»

Lei annuiva, scorrendo il contenuto del prospetto.

«La cifra che trova più in basso invece» proseguì «riguarda il denaro in contanti di cui disponeva il professore al momento del decesso...»

«Trentanovemila...» commentò lei. «Immaginavo fossimo più ricchi...»

«Detratte le tasse e sommati gli interessi maturati in questi quindici anni... la cifra in rosso rappresenta il totale del quale da questo momento può disporre...»

Lei sollevò lo sguardo.

«Non credo proprio sia sufficiente...»

«Ma noi siamo qui per aiutarla... il ristorante di sua zia qui ha fatto epoca... lo rammentiamo ancora in molti... lei, con una maestra così, non può di certo fallire...»

«Quindi posso contare su un...»

«Abbiamo già deliberato uno scoperto di altri quattrocentomila dollari, che aggiunti a quanto è già nella sua disponibilità ci pare una cifra sufficiente... almeno per affrontare la prima fase...»

«Sì, mi auguro di sì...» disse lei rinfrancata.

«E ha già individuato il locale?»

«Il primo appuntamento fra mezz'ora... anzi... temo di essere in ritardo...» aggiunse guardando l'orologio elettronico incassato nella boiserie.

«Andrà tutto magnificamente...» le disse il direttore impegnandosi in un sorriso accattivante.

«Sì, certo... e grazie...» rispose lei contraccambiando la stretta di mano.

Sole.

Le case in fila: quelle di cento anni prima, dell'America che nasceva.

Dall'altra parte il grande prato.

Camminava sul bordo del marciapiede, cercando l'ombra sotto i tigli.

Sola, a Davenport, dopo quindici anni di paura, per ritrovarvi qualcosa di Giulio.

Ma Giulio non c'era più. Non c'era più la sua voce, non c'era più il suo odore. Dissolti, come tutto di lui.

Davenport, Iowa, l'unico posto in cui fosse possibile illudersi di avvertirlo nuovamente vicino.

Una pazzia, quella del ristorante, tenuta dentro per tutti quegli anni, che nessuno in Italia avrebbe compreso, né i suoi genitori né tantomeno sua sorella.

Una pazzia che però, ne era certa, avrebbe reso sopportabile l'assenza definitiva di lui.

Il marciapiede sconnesso. Attenta a non inciampare. Le scarpe che indossava, regalo della sorella di Bologna per festeggiare il concludersi della lunga degenza, non le piacevano.

Ma ora che non doveva più piacersi, le sapeva intonate all'alto disamore per se stessa che la infiammava.

«È lei?» le domandò l'uomo protendendosi dal finestrino della Chrysler.

«Io» gli rispose.

Si sentì valutata da uno sguardo che la percorse tutta, da capo a piedi.

«Non sale?»

Dentro l'auto tanfo di cannella e dopobarba.

I sedili protetti da un ampio telo di spugna.

«Lieto, Muller...» bofonchiò l'uomo ostentando una mano dalle dita insalsicciate in un paio di anelli pacchiani. «Credo di aver trovato il posto giusto...» aggiunse interessato alle ginocchia scoperte della donna.

«Chissà» disse lei, cercando di controllare il disgusto che l'aveva colta.

«È nella zona dove la sera vanno tutti... specialmente i giovani... quelli con i soldi...»

L'uomo guidava con disinvoltura, reclinato verso di lei, con il rischio a ogni curva di finirle addosso.

Lei, appiattita contro lo sportello, fissava la strada.

«È incredibile che non ci abbia pensato nessuno... ma un

ristorante proprio lì... è una grande idea... lo sa quando mi vengono le idee?»

«No.»

«Non c'è notte che non mi svegli... devo mangiare... e mentre mangio, nel silenzio, è allora che mi vengono... fisso il microonde o il congelatore e mi vengono... ci crede?» rideva stupefatto di se stesso.

Lei si limitò a un vago cenno di assenso.

«Eccoci... lo riconosce, no?... è il nostro Village...»

Edifici di mattoni rossi, sui lati della strada che saliva mollemente verso il colle.

Bar e negozi di souvenir. Nelle vetrine trionfi di ferri da stiro o da cavallo, macchine da cucire, cuccume, pizzi, foto di confederati o di locomotive a vapore.

E, sul parabrezza della loro auto, un sole ostinato, che accecava, nel diradarsi improvviso dei fabbricati.

«Ecco la Snakes Hall!» annunciò pomposamente l'uomo.

Davanti a loro un edificio massiccio, plumbeo, stile Secondo Impero, isolato, sul culmine del colle.

«Ma è enorme!» mormorò lei.

«Solo il piano terra... il resto il Comune lo utilizzava come magazzino, anche se sono vent'anni almeno che non si fanno vivi... credo ci sia anche un problema con il tetto, prima o poi dovranno rimetterci mano...»

Muller perimetrava la costruzione facendo stridere i pneumatici con orgoglio di maschio.

Lei, il capo proteso fuori dal finestrino, cercava di valutare ogni dettaglio di quella singolare dimora.

«Ma di chi era?»

«L'ha costruita agli inizi del Novecento un boss dei farmaceutici, uno che ha fatto fortuna con il veleno dei serpenti africani... come analgesico... o qualcosa del genere... so che da anni è del Comune... di sicuro in seguito a un fallimento...»

Colui che aveva progettato quell'edificio, mosso da insolita passione per i rettili, ne aveva disseminato i lucernai, le grondaie, gli aggetti e le lesene che incorniciavano porte e finestre.

Grovigli di serpi di stucco, cemento, ferro.

«È terribile» bisbigliò lei.

«Quando vedrà l'interno, sono sicuro che cambierà idea» profetizzò l'agente immobiliare.

Erano scesi dall'auto e l'uomo frugava le tasche della giacca in cerca di una chiave.

«Noi qui i serpenti li consideriamo simboli fallici...» asserì con compiacimento da intellettuale.

«Bravi» tagliò corto lei.

Finalmente la serratura parve cedere e Muller spalancò la porta sul cupo silenzio dell'interno.

Lei avvertì immediatamente, da quel poco che poté scorgere restando sulla soglia, una sorta di singolare inquietudine. Come se quel luogo la attendesse da tempo, attendesse proprio lei, avesse una misteriosa, inesplicabile attinenza con gli incubi che l'avevano assillata per tutti gli ultimi dolorosissimi anni della sua vita.

«Coraggio... non entra?» la sollecitò Muller.

Lei annuì appena, cercando di riprendersi.

Si trovò all'interno di un ampio vestibolo vuoto, rischiarato da una luce polverosa.

Sul fondo i gradini di una scala massiccia, dalla balaustra impreziosita da intagli.

«Di lì si sale alla parte che non affittano...» disse l'agente immobiliare. «Avanti» aggiunse introducendo la cliente in una vasta sala, anch'essa sgombra di qualsiasi arredo.

Il pavimento di legno, le grandi vetrate dipinte, anche lì un intreccio di serpi nello stile delle fioriture preraffaellite. Sulla parete opposta un imponente camino scolpito nella pietra serena: «Quando mai qui l'hanno avuto un ristorante così?... e non è tutto, venga...» disse.

Una grande cucina dotata di fornelli, lavabi, batterie di tegami, scaffalature colme di piatti, bicchieri, posate.

«Non è incredibile?» domandò lui cercando il suo sguardo. «Visto come si trattavano i veri signori?»

Lei si guardava attorno inquieta.

«Non c'è già quasi tutto?» insistette l'uomo.

Ma lei pareva preda di un disagio crescente.

«Non è molto di più di quanto cercavamo?» le domandava Muller con un sorriso furbo. «E non sa ancora quanto chiede il Comune di affitto... praticamente la regalano...»

Lei avvertì l'angustia crescerle dentro, a dismisura. «Posso sedermi?» domandò.

Lui fu rapido a sospingere una sedia: «Si sente male?».

«No, no... passa subito...» mormorò lei.

«Guardi che non deve decidere adesso... può pensarci...» nella voce dell'uomo si percepì una preoccupazione autentica. «È rimasta sfitta per tanti anni... può ancora restare così... è che mi pareva un'idea...» aveva sfilato dalla cinta un variopinto telefono portatile. «Vuole che chiamiamo un dottore?»

«No, no, sto già meglio... ci sarà un po' d'acqua...»

«I bicchieri non mancano... magari non pulitissimi...» ne aveva preso uno fra i tanti che occupavano le vecchie mensole.

Fece girare inutilmente un primo rubinetto.

Quindi un secondo.

Dal terzo schizzò un getto violento.

«Ecco l'acqua!» esclamò lavando il bicchiere. «Ed è freschissima...»

Lei ne trangugiò un lungo sorso.

«Meglio?»

«Meglio» rispose la donna alzandosi. «Grazie.»

«Vuole che le mostri il resto o preferisce...?»

«Se può riaccompagnarmi all'albergo... per favore...»

Lui annuì, tenendo per sé la delusione.

«Comunque di là, oltre i bagni, ci sono cinque ambienti... uno può essere usato come ufficio mentre gli altri, se si vuole, come appartamento, per abitarci... risparmiando tutti quei soldi dell'albergo... no?»

Raggiunsero l'esterno, il portico inondato di sole.

Muller richiuse la porta facendo girare più volte la chiave.

«La prendo!» affermò lei all'improvviso.

L'uomo si girò stupito. Si proteggeva gli occhi con una mano fissandola incredulo.

«Sì, la prendo... se l'affitto è basso come dice...» ribadì lei con l'emozione che le toglieva il fiato. «La prendo!»

Con un qualche impaccio formò il numero del room service per ordinare la cena.

Il ragazzo che gliela portò sospinse il carrello all'interno della stanza.

«Va bene davanti al televisore?»

«Sì, se me lo accende... non ci sono riuscita...»

«Ecco fatto... il tasto rosso...»

«Grazie...»

«Una firma...» le disse il giovanotto porgendole un blocco e una penna.

«Grazie...» ripeté lei del tutto a disagio. Scarabocchiò il suo nome. «Forse si deve dare una mancia...» chiese.

«Come vuole...» fu la risposta del giovane.

«Sì, certo... che stupida...» frugava il fondo della borsa.

«Va bene?» domandò porgendogli una banconota da cinque dollari.

«Benissimo...»

Nuovamente sola.

Davanti al televisore che trasmetteva uno stanco dibattito sulle fonti alternative di energia, ingurgitò due cucchiaiate di zuppa e tutta la macedonia. Null'altro.

Trascorse una notte agitata, svegliandosi quasi a ogni ora, accendendo la luce, rispegnendola.

Albeggiava quando chiamò il bureau.

«Mi scusi... se fosse possibile... un taxi... fra un'ora... sì... grazie...»

Era scesa dall'auto e percorreva il sentiero che fra querce e cespugli di lucido alloro conduceva alla vetta della collina disseminata di cippi funerari.

A tratti consultava un foglio spiegazzato, una sorta di mappa, per orientarsi.

Raggiunse una sepoltura segnata da una lapide di granito.

Lettere di ottone ossidato rammentavano un nome e due date:

GIULIO SAINATI

1952-1992

Si chinò per sussurrare qualcosa.

«Sono tornata, Giulio... adesso non ti lascio più...»

Liberava il terreno dalle erbacce, quando avvertì che il grande silenzio era rotto dall'avvicinarsi di un'auto.

Una lucida berlina nera stava risalendo il sentiero ormai assolato.

Lei riprese a estirpare erbacce avvertendo l'avvicinarsi dell'auto alle sue spalle, lo scricchiolio prodotto dai pneumatici sulla ghiaia, quindi lo spegnersi del motore, poi il silenzio.

Si girò.

Dal finestrino posteriore della potente vettura un uomo anziano, calvo, dal volto pallidissimo, la fissava con sguardo ostile.

Dell'autista seduto al volante si intravedeva solo la nuca.

Di quell'uomo misterioso invece, oltre il cristallo, gli occhi che la scrutavano nel grande silenzio della collina.

Tardò qualche istante come paralizzata, prima di trovare dentro di sé la forza per reagire, per muoversi, per fuggire da lì, affrontando veloce la discesa, raggiungendo il taxi che l'attendeva in prossimità del cancello del cimitero.

Salì a bordo. Ansimava, pallidissima.

«Tutto bene?» le domandò il pacioccone al volante.

«Sì, tutto bene...» gli mentì lei.

«Allora al Village?»

«Sì, al Village.»

L'auto si immise nella strada percorsa da un intenso, rassicurante traffico.

Lei si girò. Attraverso il lunotto posteriore scorse la vettura nera ancora lassù, immobile.

Avendo ormai lasciato la zona abitata, il taxi affrontò l'ultima salita raggiungendo la vetta del colle, lo spiazzo antistante la Snakes Hall.

L'uomo fu veloce a scendere e ad aprire il bagagliaio.

«Gliele porto dentro?» chiese appesantito dalle due grandi valige.

«No, può lasciarle qui...» gli rispose lei porgendogli una banconota.

«Lo sa che in diciassette anni è il primo cliente che porto quassù...» diceva l'uomo fissando l'edificio. «Ci sono un sacco di serpenti qua fuori... chissà quanti ce ne sono dentro...»

«No, no... dentro fortunatamente no...» replicò lei sorridendo.

«Be', se le serve, questo è il numero della nostra compagnia...» aggiunse lui porgendole un cartoncino.

«E se lei ha qualche cliente che voglia mangiare italiano... fra un mese al massimo apriamo.»

«Fettuccini Alfredo?»

«Fettuccini Alfredo...» lo rassicurò lei. «Allora l'aspetto...»

«Promesso...»

L'auto fece inversione mentre la donna trascinò le valige verso l'ingresso.

Si voltò riprendendo fiato: il Mississippi invadeva gran parte della piana, superbo nelle sue increspature delle basse rapide.

Infilò la chiave nella serratura ed entrò.

Attraversò il vestibolo dando un'occhiata fugace alla maestosa scala, quindi raggiunse il salone, visibilmente affaticata dal peso di una delle valige.

Ora si trovava in una stanza del tutto vuota.

La carta da parati segnata da impronte di mobili, quadri, tracce arcane di presenze anteriori.

Fece scorrere la cerniera aprendo subito la prima valigia.

Ne frugò l'interno recuperando, fra camicie e maglie, un

involto di carta velina stretto da un paio di elastici. Lo aprì con estrema cautela rivelandone il contenuto: una coppia di sposini, quelli che abitualmente sormontano le tradizionali torte nuziali.

Li fissò per qualche istante, sorridendo a se stessa in un affollarsi di ricordi.

Con quelle figurine di gesso sul petto, strette a sé come un ipotetico cavaliere, percorse il grande salone danzando e canticchiando *Magic moments*.

Un'ultima giravolta le permise di raggiungere il grande camino. Stava collocando sulla mensola di marmo l'ingenuo emblema nuziale quando rabbrividì nella convinzione di non essere sola a cantare.

Le era parso, infatti, che da un punto dell'alta volta la voce incerta di qualcuno le facesse eco.

> *... mem'ries we've been sharing...*
> *Magic moments,*
> *when two hearts are caring...*

Tesissima, restò qualche istante in ascolto mentre un profondo silenzio era tornato padrone incontrastato del luogo.

Per recuperare la seconda valigia, tornò sui suoi passi.

Era nuovamente nel salone delle vetrate luminose.

Un crepitio secco la costrinse a girarsi all'improvviso.

Un piccolo oggetto ovoidale ruzzolava laggiù, nell'ampia distesa del parquet, per andare a fermarsi in un angolo dell'impiantito vuoto di tutto.

Allarmata, si guardò attorno.

Si avvicinò cauta per poi chinarsi.

Come aveva potuto rotolare fin lì quella sorta di uovo di legno lucido?

Lanciato o sfuggito da quale mano?

Sollevò lo sguardo verso le volte dell'alto soffitto.

Nulla.

Le finestre impiombate.

Nulla e nessuno nello sconfinato silenzio della Snakes Hall.

Poi il trillo insistente del campanello la scosse.

«Arrivo!» gridò senza muoversi.

«Ci sono i mobili!» le urlava Muller da fuori, cercando di aprire la porta con una sua chiave ma impedito a farlo dai catenacci che la serravano.

«Sì, sì... ecco...» rispose lei ancora turbata, raggiungendo il vestibolo.

Aprì uno dei pesanti catenacci.

«Ecco... ecco fatto...» disse.

L'agente immobiliare le sorrideva scontornato nella luce forte del giorno.

La valle e il fiume nascosti dal rimorchio di un grosso camion.

«Ci abita qualcuno?»

«Dove?» chiese Muller.

Era sbarbato e pettinato con cura. Su una camicia bianca aveva annodato una cravatta giallo oro. A suo avviso la miglior combinazione per sedurre.

«Qui... in questa casa oltre a me... c'è qualcuno?» insistette lei occultando nella mano l'uovo di legno.

«Ma no... e perché mai?»

«Niente... così...» rispose lei cercando di riprendersi.

«Li faccio scaricare?» domandò Muller alludendo al grosso autocarro che nel frattempo si era fermato.

«Certo...» rispose lei.

«Coraggio, ragazzi!» gridò l'uomo ai facchini senza girarsi. «Ho raccontato di lei a mia figlia e a mio genero...» le confessò cercando il suo sguardo.

«Sì...» rispose lei tesa.

«Lei e mio genero sono le uniche persone che mi sono rimaste da quando Clara è lassù...» alluse al cielo come destinazione finale.

«Mi spiace» disse lei sbrigativa.

«Non è facile» insistette lui accattonando commiserazione.

Ci fu un imbarazzato silenzio. Quindi: «Allora scarichiamo...» concluse rassegnandosi al suo autocompatimento.

«Certo...»

Tre facchini emersero dal capace budello svuotandolo di sedie, tavoli e un'infinità di altri arredi.

Lei controllava le consegne su una lista mentre Muller svuotava la sua borsa.

«Ci sono un po' di carte da firmare...» le disse «e un po' di caffè caldo...»

Versò da un thermos il liquido bollente in un bicchiere di carta.

«Grazie» disse lei portandolo alle labbra. «E per la licenza?»

«Se aspettiamo il Comune passano dei mesi... prima di Natale non gliela danno di certo... fortuna che c'è padre Amy...»

«E chi è?»

Muller fece precedere la risposta da uno sguardo furbo.

«Chi è padre Amy?... le basti sapere che senza di lui qui non si otterrebbe niente... sarà bene che lo conosca... per qualsiasi evenienza...»

«Certo» rispose lei, per poi girarsi verso gli uomini. «Il letto e l'armadio nell'ultima stanza... sì, quella in fondo...» disse.

Fu costretta a trasferire l'uovo di legno da una mano all'altra per sottoscrivere i documenti che l'uomo le sottoponeva.

«Contratto dell'acqua... elettricità... gas... telefono... licenza superalcolici... permesso per l'insegna sulla strada...» specificava lui. «Lo sa che ha delle mani bellissime?... tutte le italiane hanno mani bellissime, come la grande Callas...»

«Sono orrende... comunque grazie...» replicò lei confusa.

«Sono padre Amy» esordì sorridendole il giovane sacerdote nell'accoglierla all'ingresso del ristorante.

«Non sono in ritardo?» domandò lei un po' in colpa.

«Assolutamente no... sono venuto prima per controllare...»

«Certo» rispose lei senza intuire a quale tipo di controllo egli alludesse.

Padre Amy era un individuo atletico, sulla quarantina, capelli neri, sguardo bellissimo.

Pur indossando un comunissimo clergyman, tutto in lui esprimeva armoniosa eleganza.

«Le va bene un tavolo dal quale può vedere il nostro fiume?» le chiese.

«Certo» rispose lei impreparata a tanta premura.

«Allora andiamo...»

«Prego» disse un cameriere pronto ad accompagnarli.

Lei avvertì nei saluti rivolti al religioso da parte di alcuni clienti del lussuoso locale e nell'attenzione della quale anche lei si sentì circonfusa l'importanza in quella comunità del Midwest di quell'aitante soldato di Cristo che la precedeva.

«Una storia tremenda... accusato da due dei suoi allievi...» riferiva lei al sacerdote che le sedeva innanzi «di averli...»

«Molestati?» azzardò lui.

Lei annuì a fatica.

«Una denuncia?» insistette padre Amy.

«Riportata su tutti i giornali...» rispose lei. «Lui sospeso dall'insegnamento, barricati in casa per settimane, le luci spente, il telefono staccato... non sa cosa è stato...»

«E non era vero nulla?»

«La lettera anonima di una squilibrata... forse addirittura una collega invaghita di Giulio...» diceva lei con impaccio. «Lui aveva un carattere particolare... molto chiuso...»

«Lei ha temuto che ci potesse essere qualcosa di...»

«E non so perdonarmelo...» ammise lei interrompendolo.

«Ma quando si è chiarito che erano tutte menzogne, sarà stato più facile recuperare il...»

Lei lo fissava senza rispondere, cercando la forza per affrontare la parte più difficile del racconto.

«Quella notte stessa...» proseguì finalmente «senza una lettera... un tentativo di spiegazione... niente... da quella notte non c'è più... capisce?» Aveva gli occhi gonfi, le lagrime trattenute a stento.

«Si è ucciso?»

Un cameriere si era avvicinato con il conto.

Il sacerdote gli porse una carta di credito.

Fu quella breve interruzione a offrire alla donna un recupero di energia, a darle forza di confidarsi.

«Se sono tornata è perché lui è sepolto qui ed è qui che ci siamo conosciuti... teneva corsi di letteratura romanza in alcuni istituti... io lavoravo da due anni in un ristorante italiano... la sera cominciammo a vederlo sempre più spesso, allo stesso tavolo... si tratteneva fino alla chiusura... aveva qualcosa che mi incuriosiva... uscimmo qualche domenica e dopo poco mi chiese di sposarlo, così, senza che fra noi ci fosse stato niente, neanche un bacio...»

Padre Amy sorrise.

«Diceva che avere una moglie lo avrebbe aiutato a ritrovare sicurezza e forse a ottenere un incarico fisso in un college cattolico...»

«E così vi siete sposati...»

«Mi aveva promesso che al momento della pensione mi avrebbe aiutato ad aprire un mio ristorante italiano... lavorandoci assieme... lui non sapeva friggere un uovo, ma era fantastico per i vini...»

«E ora lei sta mantenendo quell'impegno...» disse lui sollecito nell'aiutarla ad alzarsi. «Mi hanno promesso la sua licenza per la fine della settimana...»

Si avviarono verso l'uscita e di nuovo lei avvertì su di sé l'attenzione di gran parte dei presenti.

«Come mai ha scelto proprio quella casa?» domandò lui.

«Un affitto ridicolo... una cucina già attrezzatissima... potevo rifiutarla?»

Il sacerdote annuì.

«C'è qualcosa che dovrei sapere?» chiese lei.

«Non so... ma quel luogo è così particolare...»

«Qualcosa che dovrebbe preoccuparmi?»

«Ma no, non credo... storie di anni e anni fa...» concluse lui mentre raggiungevano l'uscita.

Fuori, nella notte schiarita dai lampioni del parcheggio, le propose: «Posso accompagnarla?».

«No... no... da ieri ho un'auto mia» replicò lei con una venatura d'orgoglio. «Ho ripreso a guidare dopo un'infinità di anni che non lo facevo... e me la cavo ancora...» sorrise.

«Sappia che la voglio aiutare...» disse lui, stringendole entrambe le mani.

Raggiunse la sommità della collina al volante del van che aveva affittato.

L'imponente Snakes Hall era avvolta da stracci di nebbia lattiginosa, saliti fin lassù dal grande fiume.

Accese la luce del vestibolo, quindi attraversò il grande salone nel quale erano stati ammassati tavoli e sedie.

Raggiunse quella che aveva trasformato nella sua stanza da letto.

Il suo sguardo rivolto da subito a quel misterioso uovo di legno posto sul ripiano del comodino.

Spense la luce stendendosi e abbracciando il cuscino.

La finestra socchiusa sulla campagna nera.

Da fuori l'ostinarsi insensato dei grilli.

Si girò più volte in cerca di una posizione che la consegnasse al sonno.

Inutilmente.

Improvviso, il sussurro di una velata voce femminile di vecchia proveniente da un punto imprecisato della stanza bisbigliava in un inglese incerto: «È qui... è qui, Egle».

Lei terrorizzata, immobile, lo sguardo che cercava inutilmente nel buio.

«Eccolo, Egle... eccolo... l'hai riavuto...» sussurrò la voce con un risolino infantile.

Lei, raggelata dal panico, tratteneva il respiro.

Udì qualcosa di pesante che veniva trascinato sul pavimento verso la porta. Preludio al più profondo silenzio.

Tardò qualche istante prima di allungare una mano verso il comodino, in cerca dell'interruttore.

Lo raggiunse.

La stanza, all'improvviso, venne illuminata da una luce sfolgorante.

Si sollevò sui gomiti guardandosi attorno.
Nessuno.
La porta appena socchiusa.
Si girò verso il tavolinetto.
L'uovo di legno era scomparso.

Aveva raggiunto il vestibolo spingendosi fino ai piedi della massiccia scala.

Accese la luce. La lampadina effondeva un fioco chiarore che accentuava la cupezza del luogo.

Da lì si poteva scorgere solo la prima rampa della scala che svoltava in alto nell'ampia torsione della balaustra intagliata.

Perlustrò con una mano la parete sottostante in cerca di un interruttore che desse luce al piano superiore.

Lo individuò.

Girò la chiavetta più volte, nei due sensi, senza ottenere effetto alcuno.

«Chi c'è?» domandò a quel grande buio, spaventata dalla propria voce.

Da lassù nulla.

Gli occhi di lei fissi, nella penombra silente.

Attese il sorgere del sole per uscire e perlustrare tutto il perimetro dell'edificio nell'ingenua speranza di scorgere qualcosa. Era composto da tre piani principali oltre alle oblunghe feritoie che denunciavano un sottotetto.

Tutte le finestre adorne da quell'intrico orrendo di serpenti (molti dei quali sbreccati o tronchi) chiuse dall'interno.

Dall'esterno, per quanto si ostinasse nella sua indagine, nessun segno di vita.

Sul retro una piccola porta di servizio, seminterrata, che forse portava alle cucine, anch'essa ben chiusa.

Nient'altro se non il prato brullo e un vecchio stenditoio.

Rischiò un incidente immettendosi sulla Brady senza attendere il semaforo verde. L'uomo alla guida del furgone che stava per investire fu pronto a frenare permettendole di passare indenne per poi schizzare via.

Tesissima, raggiunse l'ampio centro commerciale sulla Kimberly.

Parcheggiò il van in prossimità dell'ingresso di un grande negozio di casalinghi.

Scese dall'auto ed entrò.

Non le fu difficile individuare immediatamente fra gli altri scaffali ciò che cercava: una potente torcia elettrica.

Prima di raggiungere il suo furgone, si trovò a passare di fronte a una infilata di invitanti telefoni.

Si fermò cercando nella tasca della giacca un cartoncino.

Formò un numero.

Il primario della clinica psichiatrica di St Paul stava parlando nel corridoio prospiciente il suo studio con un collega. Udì dall'interno del suo studio il telefono squillare.

Rientrò sollevando il ricevitore.

«Pronto?»

Lei ascoltava al telefono la voce di quell'uomo senza trovare il coraggio di dire nulla.

«Pronto, pronto...» ripeteva il medico «Chi parla?»

Fu rapida a riattaccare raggiungendo l'esterno, inspirando aria, in cerca di equilibrio.

«Vincent, ha detto?» domandò lei.
«Sì, Vincent» le rispose il cinquantenne dalla voce stridula.
«E dove ha lavorato come maître?»
«Il curriculum» le rispose l'uomo porgendole un foglio plastificato.
Lei ne scorse il contenuto.
«Comunque, se non vado bene può dirmelo...»
«No, mi incuriosiva questo suo ritorno in provincia, dopo aver lavorato tanto a New York.»
«L'illusione di poter mettere a frutto tutto quello che ho imparato... ma solo un'illusione... al momento ho trovato un posto da commesso in Municipio... niente altro.»
Lei annuì restituendogli il curriculum: «Io non so come andrà qui... è un esperimento... per ora le posso offrire solo un contratto per tre mesi...».
«A me va bene...»

Da una delle finestre del piano terra vide l'uomo inforcare una potente moto, avviarne il motore per poi imboccare rapido la discesa e scomparire.

Si ritrovò in cucina da sola. Aprì il grande frigorifero.
Prese una bottiglia di latte e due uova recuperando quindi un tegame che pose su uno degli innumerevoli fornelli cercando di individuare il rubinetto del gas corrispondente per accenderlo.
Lo trovò.
Soddisfatta, ruppe il guscio del primo uovo quando uno stridore di ingranaggi di un meccanismo misterioso che faceva vibrare i vetri della costruzione la immobilizzò. Proveniva dalla sommità dell'edificio pur coinvolgendo l'intera costruzione.

Lei, immobile, inquieta, attese che quel rumore misterioso cessasse per poi affrontare, preceduta dal cono luminoso della torcia elettrica, i primi gradini della scala.

«C'è qualcuno?» domandò con timore crescente.

Come risposta ebbe solo il silenzio.

Raggiunse un corridoio sul quale si aprivano le stanze del primo piano.

Le apparve ingombro dei materiali più vari: cartelloni pubblicitari, lampioni, striscioni da fiera, vecchie indicazioni stradali in un ammasso caotico.

Tentò di aprire una delle porte quando, all'improvviso, dalle fondamenta fino al tetto, l'intera Snakes Hall fu nuovamente scossa da quella sinistra vibrazione.

Si immobilizzò non comprendendo l'origine di quel cupo, sordo rumore di ferraglie e ingranaggi che si diffondeva per ogni dove con echi sinistri. Come se quell'edificio contenesse nel suo ventre un cuore meccanico, come se quel torvo rimbombo innervasse di sé ogni angolo di quella sconfinata magione.

E all'improvviso, inatteso, il silenzio.

Aspettò qualche istante prima di muoversi, appiattita a una parete, la torcia spenta, il fiato corto.

Ma non accadde nulla.

Seguì silenzio e silenzio e silenzio. Definitivo.

Scese dal van ed entrò nel grande fast food.
Le fu facile individuare un telefono pubblico.

Il primario della clinica di St Paul la riconobbe subito.
«Allora, come va nel grande mondo?» le chiese con tono cordiale.

«Non bene... la notte scorsa sono stata svegliata da una voce... lei lo sa, ormai non mi accadeva più da tantissimo tempo e...»

«Lei sta vivendo una situazione di panico, di momentanea regressione, che è normalissima... vedrà che le sarà sufficiente distrarsi: ha ripreso contatto con il suo lavoro?»

«Sì...» rispose lei tesissima. «Ho fatto di tutto per non chiamarla... volevo assolutamente farcela da sola... è che...»

«Cosa?»

«Per una serie di ragioni legate alla mia attività che sto avviando qui...» faticava ad andare oltre.

«Sì?»

«Mi stanno aiutando tutti... se supponessero che ho avuto i problemi che ho avuto, non si fiderebbero così di me... capisce perché non posso parlarne con nessuno?»

«Le ripeto che non accadrà più... lei deve convincersi di essere guarita...»

«C'è una cosa che non le ho detto...» azzardò lei al colmo dell'incertezza.

«Cosa?»

Si guardò attorno, lo sguardo smarrito.

A un bambino era caduto a terra un gelato e piangeva la perdita disperato mentre la madre lo trascinava via.

«Cosa?» insistette il medico al telefono.

«La voce che mi ha svegliato la scorsa notte...»

«Sì...»

«Non era la stessa voce che udivo quando stavo ancora male lì da voi...»

«Lo vede?...»

«Ma parlava con una persona... mi sembra...»

«Con chi?»

«Egle...» disse lei con il timore di proferire quel nome.

«E allora?»

«Egle era il nome che mi aveva dato una vecchia suora dell'asilo, quando ero bambina a Bologna... mi diceva che era il mio nome segreto... mi chiamava così... capisce?... Egle... come la voce della scorsa notte...»

«Ne ero certo» replicò rassicurante il primario con una evidente aria di sollievo. «La risposta se l'è data da sola... chi lo sapeva che quella vecchia suora di tanti anni fa la chiamava così da bambina?»

«Nessuno...»

«Nessuno, ma lei sì... il suo subcosciente lo sapeva, quanto e più di lei: è lei stessa che si autopunisce, che elabora queste raffinatissime torture... fortunatamente facilmente decodificabili...»

«Sì...»

«Lei si sta abituando ogni ora di più alla normalità, mentre una parte del suo io, quella più ostinata e negativa di lei, vorrebbe impedirglielo... lei avverte di non meritarlo, ma deve abbattere quest'ultimo ostacolo...»

«Sì...» ripeté lei svuotata di ogni fiducia.

«E mi chiami quando vuole... promesso?...»

«Promesso...» rispose lei riattaccando e guardandosi attorno.

Attraversò il grande ponte di metallo lasciandosi superare da auto e camion, fissando lo scintillio del fiume come ipnotizzata, cercando di rammentare una stagione remota della sua esistenza.

"Era una vecchia monaca che tenevano isolata dai bambini... ma come si chiamava? Nena?... suor Nena o Teta?... suor Teta?... chiusa all'ultimo piano dell'asilo di via Andrea Costa... era proibito salire da lei... c'era qualcosa di terribile che aveva fatto... qualcosa che aveva fatto che la faceva vivere isolata... forse era pazza... dicevano che da bambina avesse affogato una sorella... o un fratellino... ma a me non faceva paura... io so di essere salita, di nascosto dalle altre, più di una volta, nei pomeriggi, quando ci costringevano a dormire sui materassini di gomma e le maestre sotto il portico parlavano fra loro e fumavano... è stata lei a dirmi che ognuno di noi ha un nome segreto... che il mio era Egle... lo so che mi disse che il mio era Egle... ed era il nome che usava il mio angelo custode quando mi voleva proteggere ed ero in pericolo... suor Teta... sì, suor Teta... è così che si chiamava..."

Nel frattempo aveva raggiunto l'altra riva del fiume.

Superò il piccolo campo da baseball e la vecchia stazione ferroviaria, andando a fermarsi di fronte al grande spaccio di vini e liquori.

«Ma come fa a dire di non avere il Tignanello, e quello cosa sarebbe?» domandava l'insofferente Vincent indicando uno dei tanti espositori colmi di bottiglie di vino di ogni genere.

«Tutto venduto» asseriva con poca convinzione lo scialbo commesso del grande spaccio. «Mi spiace.»

«E non lo si può ordinare di nuovo?» intervenne lei.

«Certo... ma non garantiamo i tempi della consegna... sono vini pregiati...» l'ometto manifestava un autentico disagio.

«È il quarto tipo di vino che le chiedo e che lei dice di non avere mentre qui ne vedo decine di bottiglie...» protestava il maître.

«Non è colpa nostra se è tutto venduto... mi dispiace davvero...» balbettava l'imbarazzato venditore.

«Scusi» si inserì lei. «C'è un responsabile qui?»

«Il signor Shields... il padrone...»

«Potrei parlargli?»

Il commesso tardò qualche istante prima di rispondere, come se stesse valutando la legittimità della richiesta.

«È molto impegnato, comunque vedo...» disse dirigendosi verso un citofono collocato in prossimità delle casse.

Lei e Vincent si scambiarono un'occhiata piena di incredulità.

«Prego, signora... il signor Shields la riceve... solo lei, prego... se vuole salire... da questa parte...» le diceva adesso ossequioso il venditore di vini.

Percorsero un lungo corridoio le cui pareti erano adorne di stampe ottocentesche della vecchia città.

Lei riconobbe immediatamente nell'uomo che l'attendeva al centro del grande studio, seduto su una carrozzella superaccessoriata, colui che dall'interno della grossa berlina nera l'aveva fissata in modo così ostile al cimitero di Oak Park.

Vinse lo sconcerto affrontandolo.

«Il commesso sta facendo di tutto per non farci...»

«Ho saputo che ha affittato quel luogo per riaprirlo al pubblico facendone un ristorante...» la interruppe lui con voce catarrosa.

«Sì, un ristorante italiano...» rispose lei interdetta.

«E perché proprio in quella casa?» insistette lui aggressivo.

«Per una serie di motivi che non credo la debbano riguardare...»

«Quell'edificio doveva essere raso al suolo quarant'anni fa, quando il giudice Murray ne ordinò la demolizione...» tacque all'improvviso, come per valutare l'effetto prodotto sulla donna.

Lei, tesissima, fissava l'anziano disabile: «E la ragione?» riuscì a dire.

Negli occhi del vecchio una commozione inattesa.

«Il fatto che mia madre sia stata massacrata là dentro le è sufficiente come ragione?»

«Come massacrata là dentro?» domandò lei sopraffatta dall'inquietudine.

«Adesso sa che la sua impresa è nata sotto una malevola stella...» concluse lui azionando una leva che con un sussulto fece retrocedere la carrozzella. «Ne tenga conto...» aggiunse allontanandosi.

«Siamo certi che non è pazzo?» le domandò Vincent fumando in modo rabbioso.

Lei era alla guida del furgone che percorreva il trafficato viadotto.

«E se invece fosse vero?... se davvero là dentro avessero commesso un delitto?... ma com'è possibile che nessuno me ne abbia parlato?» pareva non darsi pace. «Comunque spiegherebbe molte cose...»

«Cioè?»

«Il perché sia restato sfitto per tanti anni malgrado il Comune lo offra a condizioni così vantaggiose...»

«Io sarei arrivato... può lasciarmi lì, all'incrocio...»

Lei rallentò.

«Forse negli uffici del Municipio, dove lavora lei, ci sarà qualcuno che ne sa qualcosa di più...»

Lui annuì.

«Be', arrivederci...» disse abbandonando il van. «Stia attenta...» le raccomandò prima di richiudere lo sportello.

Nel rientrare trovò il furgone della compagnia dei telefoni che ostruiva parte dell'ingresso.

All'interno del salone due uomini in tuta stavano finendo di sostituire tratti del cablaggio.

«Sembra che funzioni di nuovo tutto...» le disse il più anziano dei due, un settantenne dalla capigliatura candida mostrandole un antiquato apparecchio a parete dotato di una tessera plastificata estraibile utilizzata per i numeri di ricorrente utilizzo. «Ho ritrovato il vecchio apparecchio che serviva un tempo da centralino... l'ho rimontato dov'era allora.»

«Allora quando?» domandò lei.

L'uomo, che stava raccogliendo i suoi attrezzi, si girò verso di lei con un sorriso stupito.

«Quando c'erano le monache...»

«Quali monache?»

Lui si rese conto dello smarrimento della donna.

«Non lo sapeva?» le chiese porgendole una cartella. «Una firma qui...»

Lei scarabocchiò il proprio nome con la testa altrove.

«Di questo posto non so assolutamente niente... so che me l'ha affittato il Comune e...»

«Barney!» urlò il tecnico.

«Cosa c'è?» il più giovane dei due stava trascinando una scala metallica verso l'esterno.

«Te l'avevo detto che non le hanno raccontato niente...»

Lei avvertì di essere oggetto dello stupore di entrambi.

«Cosa avrei dovuto sapere?» domandò angosciata.

«Una faccenda poco bella... ma non si crei problemi, è di un sacco di anni fa e qui se la sono dimenticata tutti...» minimizzava il vecchio.

«Non può andarsene così... senza dirmi niente di più...» lo implorava lei seguendolo all'esterno.

«Era un convitto per vecchie riccone della zona... gestito da suore... fino a metà degli anni Cinquanta... è allora che l'hanno fatto chiudere...»

«Dài che è tardi... non ce la facciamo più» lo esortava il giovane che era già a bordo del furgone. «Quelli mica ci aspettano!»

«La prego, non se ne vada...» insisteva lei agitatissima.

«Faccia finta che non le abbia detto niente...» ribadì il più anziano salendo a sua volta in cabina e richiudendo lo sportello. «Comunque, se qualcosa dell'impianto non funziona, ci chiami... il nostro recapito è scritto sulla centralina...»

L'automezzo schizzò via rapido imboccando la discesa verso la grande piana.

Lei restò immobile, lì fuori.

«Stamattina qualcuno mi ha rivelato che qui, in questa casa, forse addirittura nel locale dove mi trovo adesso, gli hanno massacrato la madre!» urlava lei al telefono. «E non basta... qui c'era un convitto di suore e l'hanno dovuto far chiudere per qualcosa di tremendo!»

Muller, all'interno del suo ufficetto, un buco dalle pareti tappezzate da immagini di bolidi sportivi, cercava di interromperla.

«Lo sa a quanti suoi concorrenti fa girare le palle che lei apra un ristorante nella posizione più bella di tutta la città? E adesso si mangiano le mani e cercano di spaventarla...»

«I soldi per aprire qui sono i risparmi di mio marito, di una vita, e inoltre mi sono dovuta indebitare per non so quanti anni...» replicava lei mentre l'autocommiserazione pareva travolgerla. «Si rende conto di dove mi ha trascinato?!...» si asciugò le lagrime che le colavano dal naso.

«Si calmi... se vuole davvero disdire il contratto con il Comune, me ne occupo io... e da domattina ci mettiamo in cerca di un altro posto... ne ho adocchiato uno a Moline...»

«Come faccio a fidarmi ancora di lei?» domandava stremata.

«Se glielo giuro sulla mia povera moglie che andrà tutto a posto, mi crede?»

La ragazza dalle trecce rispose alla chiamata con entusiasmo da neofita.
«"Quad City's Time"... può dire a me, sono Selva.»
«Per consultare le vecchie annate del giornale?»
«L'archivio è al momento indisponibile... lo stanno informatizzando, mi spiace...»
La telefonista stava passando a un'altra chiamata, ma lei la trattenne.
«Un attimo, scusi... a parte l'archivio, lì da voi, ci sarà qualche giornalista... non giovane, qualcuno che...» stentava a trovare il modo più consono per spiegarsi. «Che sia in grado di ricordare...» farfugliò imbarazzata.
«Ricordare cosa, signora?»
«Conosce quella grande casa... sopra il Village... la chiamano Snakes Hall... è molto vecchia...»
«Per gli edifici storici c'era Alley, che era il nostro esperto, ma da un po' di anni ha qualche problema... più facile trovarlo al bar di Condon...»
«Quando?»
«Sempre...»

«Sono già al secondo Daiquiri...» le disse Albert Nicholas, detto Ally, un settantenne dal ventre prominente, portando alla bocca con mano tremante un bicchiere. «Glielo consiglio...»
«No, grazie...» replicò lei. «Per me va benissimo un'acqua tonica.» Fissava il faccione gonfio, da alcolizzato, dell'uomo che aveva davanti.

«Snakes Hall, anche lei un romanzo come quella matta della biblioteca comunale?»

«Quale romanzo?»

«Non puoi scrivere un poliziesco se non hai la più vaga idea di chi sia l'assassino... e nel caso della Snakes Hall è certo che ormai non si saprà più... mai più...»

«Allora è vero che in quella casa è stata uccisa una donna?» domandò lei con timore.

Lui sorrise scuotendo il capo.

«Tre donne: la madre superiora e due nobilissime clienti del ricovero... fra le quali la vecchia Wittenmeyer, figlia di quel pazzo che aveva fatto costruire quella casa...»

Il barman si avvicinò con le consumazioni, costringendoli a un breve silenzio.

Lei, la fronte imperlata di sudore, attese che si allontanasse.

«E come è avvenuto?» domandò ansiosa.

«Tre notti prima del Natale del 1957... tutte le pensionanti via, tornate in famiglia, nelle loro case... là dentro solo due vecchie clienti oltre a una monaca e due ragazzette addette alla lavanderia e alla cucina... porte e finestre chiuse dall'interno...»

Lei ascoltava, il respiro corto.

«Le due dame e la superiora trafitte in varie parti del corpo con un'arma o qualcosa del genere che non si è mai trovata... tutt'intorno alla casa nessuna impronta sulla neve... capisce?... è stata quella neve immacolata, tutt'intorno alla casa, il vero rebus dell'inchiesta...»

«Cioè?»

«Chi ha commesso quella strage non può essere uscito dalla casa senza aver lasciato tracce... volando...» rise.

«Ma non potevano essere state uccise prima della nevicata?»

«Troppo facile!» esclamò lui sogghignando, divertito dalla prevedibile obiezione. «Una delle vittime, la vecchia Wittenmeyer, ha telefonato da lassù durante il massacro, implorando aiuto, prima che uccidessero anche lei... per la centralista del Black Hawk Hotel, che dapprima pensò a uno scherzo, non c'erano dubbi... fu la sua deposizione al processo che ha reso inspiegabile tutta la faccenda... era sicurissima, era l'alba e aveva già smesso da un pezzo di nevicare quando quella povera Wittenmeyer ha telefonato...»

«Ma lei ha detto che sono state uccise tre donne, mentre...»

«E infatti le due giovani della cucina non si sono mai trovate... né vive né morte... comunque le assassine non potevano essere che loro...»

«E come sarebbero fuggite?»

«È un mistero che dura da cinquant'anni, la convinzione è che si fossero nascoste là dentro, ma per quanto le abbiano cercate, niente... e dopo due anni il giudice archiviò l'inchiesta condannandole in contumacia... in attesa che diventassero maggiorenni per rifare il processo e riuscire a infliggere loro la pena capitale... qui nell'Iowa la sedia l'abbiamo abolita solo nel 1965... una ragione in più per quelle due per scomparire per sempre, no?»

Nel grande bar specializzato in tetraggine c'era un silenzio profondo.

«Comunque non andrei in giro a fare troppe domande...» le suggerì l'uomo fissandola. «Qui c'è ancora qualcuno che non apprezza che se ne parli...»

«Temo di averlo già incontrato...»

Albert "Ally" Nicholson la fissava annuendo.

«Ci stia attenta... a lui e ai suoi amici...»

Lei annuì domandandogli: «E quella della biblioteca... quella del romanzo?».

«Si chiama Paula Hardyn, ma è una mitomane... uscita di testa... qui non le dà più retta nessuno...»

Parcheggiò il van in prossimità di un enorme cubo di cristallo prospiciente la chiesa di St Anthony.

«Cerco la responsabile della biblioteca» chiese a un giovane usciere.

«Sarebbe?»

«La signora Paula Hardyn...»

«Ma qui non è responsabile di niente...» le rispose divertito l'altro. «È solo una che si fa vedere qui ogni tanto per le sue ricerche...»

«Non avrebbe un suo recapito?»

«No, ma la prossima volta che viene le faccio avere un suo messaggio, se crede...» così dicendo il giovane le porse un blocco e una matita appuntita.

Stava tornando al furgone quando avvertì un cedimento improvviso delle forze. Si appoggiò alla fiancata dell'automezzo, fortunatamente all'oscuro.

Cercò un pianto che la consolasse, che la liberasse, anche solo per qualche attimo, da quella sconfinata angoscia che l'aveva assalita.

Il capitano della stazione di polizia si protese verso il citofono: «Fai venire Syracuse...» disse senza distogliere lo sguardo dalla donna.

«È il più vecchio, qui... allora era bambino ma, di sicuro, ne sa più di noi... e cosa si mangia di buono?»

«Dove?» domandò lei interdetta.

«Nel suo ristorante italiano... pizza con salsiccia e peperoni, è così, vero?»

«Mi cercavi?»

Syracuse dimostrava una sessantina d'anni. L'unico in tutta la stazione di polizia a indossare una divisa decente.

«Su, alla Snakes Hall...»

«Al Village...»

«Lì... tu eri già nato di sicuro... ci fu quel casino... qui ci doveva essere ancora il povero Mattlock... non è così?... ci ammazzarono delle suore?»

«Una suora e due clienti del pensionato, una era la madre di Shields, quello del vino che sta sulla Kimberly...»

«Esatto...» si pavoneggiò il capitano. «Lo vede che mi ricordavo bene?»

«E la ragione?» domandò lei al nuovo venuto.

«So che i ragazzi di allora ci lavorarono un sacco e vennero anche due ispettori federali, ma non mi risulta che siano mai arrivati a un granché... anche perché dicevano che le due ragazze, quelle che avrebbero massacrato le altre, erano scomparse... non si sono più trovate... così la faccenda fu chiusa.»

«La signora sa fare la pizza con la salsiccia e i peperoni come la fate voi in Sicilia...» si sentì in dovere di dire il capitano della stazione suscitando l'interesse dell'anziano collega.

La facciata tetra della Snakes Hall, schiarita da un'incerta luna, si imponeva sul grande buio circostante.

Per scendere dal furgone e affrontare l'interno della casa le fu necessario recuperare tutto il suo coraggio.

Nel breve tragitto che la separava dalla porta d'ingresso fu investita da una sciabolata di luce abbacinante.

Si girò nella direzione della sorgente luminosa proteggendosi gli occhi.

«Non si spaventi... sono Paula Hardyn...» le stava dicendo

la voce di una donna. «Ho la febbre e quindi le conviene starmi lontana.» Una settantenne, dai capelli argentati, protetta da un'ampia pelliccia, era emersa dal fascio di luce. «Mi hanno dato il suo messaggio in biblioteca... quando si tratta della Snakes Hall, guarisco da tutto...»
Lei la fissava tacendo.
«Lo sa che non sono mai riuscita a entrare lì dentro?... Da ragazza perché le indagini erano in corso, poi sono mancata da qui per anni e da quando sono tornata sarò salita quassù una decina di volte... sempre tutto chiuso...» Tacque, come per studiare la donna che aveva davanti a sé. Le sorrise: «Mi ero rassegnata, poi oggi il miracolo... non sono più sola, c'è qualcun altro che vuole provare a far luce su questo mistero... è così, no?».

Erano all'interno.
La "bibliotecaria", al centro del vestibolo, si guardava attorno in preda a un'evidente emozione.
«Il dottor Wittenmeyer era un etologo... nel 1929 era in contatto con un certo Calmette che aveva sperimentato l'uso del veleno del cobra nella cura delle nevralgie di origine cancerosa: la cobraterapia... Wittenmeyer ne approfittò estendendo le sue ricerche al veleno di altri serpenti africani: utilizzando il suo analgesico in un'infinità di patologie divenne straricco dimenticandosi del ricercatore al quale doveva la scoperta...» si era avvicinata alla scala, accarezzando i preziosi intagli.
Lei si avvide che, per quanto cercasse di nasconderla, aveva la mano destra priva di due dita.
«... questo edificio, prima di essere trasformato in quello che è, era la vera casa dei serpenti... ne importava a migliaia ed era qui, in queste stanze, che veniva estratto il veleno...

poi il declino: nuovi prodotti sul mercato, più efficaci... e lui, vedovo, con un'unica figlia obesa e nubile, se ne tornò in Kenya dove morì pochi anni dopo di malaria...»

Paula Hardyn si dirigeva verso il salone.

«Aveva lasciato questa casa a una comunità di suore che la trasformarono in un ricovero per anziane facoltose, con il vincolo di ospitarvi per sempre la figlia... condannandola insomma a vivere l'intera sua vita con persone anziane e spesso malate...»

Lei la ascoltava attenta.

«La settimana di Natale del '57, quella della tragedia, il pensionato si svuotò. La Wittenmeyer e la Shields furono le sole a non rientrare in famiglia, così anche la madre superiora fu costretta a restare, trattenendo le due converse più giovani per accudirle... la Shields e la Wittenmeyer erano nemiche mortali... il padre della Shields si era arricchito trafficando in alcolici durante il proibizionismo. La figlia, alla soglia della menopausa, era rimasta incinta di chissà chi... partorì Leon Albert Shields, che qui tutti chiamano Las... fin da ragazzo le ha dato un sacco di problemi con la giustizia, ma lei è sempre riuscita a evitargli la galera... gli stravizi di tutti i generi l'hanno ridotto su una carrozzella...»

La donna tacque per qualche istante proseguendo nella sua perlustrazione dei vari ambienti.

«L'autopsia decretò che vennero colpite con un oggetto affilato e terribile, una sorta di lancia...» diceva ancora la donna. «Trafitte al collo, al petto, addirittura agli occhi... chi vide le foto scattate dalla polizia disse che erano terribili...»

«Ma la ragione di una strage simile?» domandò lei.

«Nessuno fino ad ora è riuscito a formulare un'ipotesi plausibile... e neppure l'arma che fu usata per ridurle in quel modo fu mai trovata... scomparsa con le due assassine... e pensare che le hanno cercate qui dentro per settimane, nella certezza di stanarle prima o poi... nascoste chissà dove... da qui non avevano certo avuto modo di fuggire se non volando... e poi chi avrebbe richiuso il portone e le finestre dall'interno?... le tre morte no di certo...» sorrise cercando lo sguardo di lei.

Parvero per un istante spartire una comune pena.

«È una storia orrenda» aggiunse l'anziana bibliotecaria. «E capisco come l'abbia turbata...»

«C'è qualcuno che vuole che me ne vada da qui.»

«Il figlio della Shields?»

Lei annuì.

«Non sarà il solo...» replicò la vecchia Paula Hardyn all'improvviso tesa. «Lui qui conta su molti amici... stia attenta...» aggiunse senza sorriderle.

Avevano raggiunto la porta d'ingresso che Paula Hardyn aprì cercando di occultare la mano priva delle due dita.

«Delle tre donne uccise, di loro, poverette, si sa quasi tutto...» disse lei.

«È così...» confermò la bibliotecaria.

«Ma delle due ragazze nulla... chi erano, come si chiamavano?» aggiunse lei con un po' di impaccio.

«Trattandosi di minorenni e per giunta in affidamento a un istituto religioso, il giudice decise di secretare i verbali, comunicando solo le iniziali dei loro nomi...» le rispose l'altra. «Credo comunque che ci sia il modo per saperne qualcosa di più... se io e lei abbiamo "riaperto" l'inchiesta sarà bene che mi dia da fare...» aggiunse con occhi furbi. «Da stanotte smetterò di parlare da sola!» gridò avendo raggiunto la sua auto.

Lei richiuse il portoncino della Snakes Hall dall'interno facendo scorrere uno dei lunghi catenacci.

In uno stato di forte turbamento raggiunse la sua stanza.
Chiuse la serratura della porta a più mandate.
Si guardò attorno come rassicurata.
Recuperò da sotto il letto una delle sue grandi valige.
Raccolse dal cassettone bracciate di indumenti.
Lo squillo del telefono, proveniente dal salone, la fece sussultare.
Restò qualche istante in attesa.
Il trillo era ostinato.
Riaprì la porta.
Accese la luce illuminando il salone.
Raggiunse il centralino e sollevò il ricevitore: «Pronto...».
«Be', credo che lei sia davvero fortunata...» le diceva la voce di Muller in versione mielosa. «A meno di un miglio da North Park... il centro commerciale più frequentato della zona... seicento metri coperti... appena rimessi a nuovo... un parcheggio per quattrocento auto... la vengo a prendere domattina...»
«Bene» rispose lei svuotata di ogni entusiasmo.

La notte all'esterno della Snakes Hall era all'apparenza tranquilla, illuminata da una luna vicina che si moltiplicava nel nero lucido del fiume.

Fu destata all'improvviso dallo stesso misterioso strascicare della notte precedente. Questa volta il rumore proveniva dall'alto, a perpendicolo sul suo letto.
Fu svelta nell'accendere la luce e nel sollevarsi sui gomiti.
Non vi erano dubbi: era come se qualcosa di pesante venisse trascinato all'interno del muro, nella parte prossima al soffitto. Confuso con quel rumore, l'inconfondibile bisbiglio.

Lei era in piedi.

Accostò l'orecchio alla parete riuscendo a cogliere, seppure estremamente confuse, alcune frasi.

«No, Egle... non possiamo» mormorava quella voce a metà fra quella di una vecchia e quella di una bambina. Poi ancora una serie di frasi del tutto incomprensibili. Quindi: «No, Egle, dobbiamo andarcene». E di nuovo il trascinamento di quell'oggetto pesante che si allontanava, all'interno del muro, fino a restituire nuovamente il luogo al silenzio.

Raggomitolata su una poltrona, avvolta in una coperta, con la luce del giorno che penetrava violenta dalla finestra, fu destata dal suono insistente di un clacson.

Indugiò qualche istante prima di ristabilire un contatto con la realtà che la circondava.

Diresse il suo sguardo verso la sommità della misteriosa parete per poi andare ad aprire.

Muller, appoggiato a uno stipite della porta, le sorrideva con occhi furbi mostrandole un rilucente mazzo di chiavi.

«La meraviglia delle meraviglie... appena lo vede, se ne innamora...» le disse raggiante.

Si trattava di un enorme fabbricato, di un solo piano, posto al centro del vasto piazzale a poche centinaia di metri dalle grandi torri del centro commerciale.

«Non è fantastico? Non è il posto migliore per portarci la famiglia a mangiare?» le domandava l'agente immobiliare inorgoglito più che mai.

L'interno, luminosissimo, era delimitato da ampie vetrate.

«Allora?» la voce di Muller risuonava metallica in quel vasto spazio vuoto.

Ma da lei non ebbe risposta. Era rimasta come assente, immobile sulla porta.

«Per convincere il proprietario non sa cosa ho dovuto inventarmi... ma ce l'ho fatta... per lei, solo per lei... e faccia finta che la mia percentuale non ci sia... c'è già chi ha provveduto...»

«La ragione di tanta generosità?» domandò lei diffidente.

Lui arrossì. «L'avrà capito... alla mia età ci si sente anche un poco ridicoli quando avverti che ti è capitato qualcosa... ha capito, no, cosa mi è capitato? E ormai fuori tempo massimo... ma mi è capitato, e sarebbe stupido se non glielo facessi capire...» impasticciò all'inseguimento di lei che si affrettava verso l'auto.

Con l'aiuto di una scala che aveva recuperato in un ripostiglio raggiunse il punto più alto della misteriosa parete ispezionandola palmo a palmo.

Era ricoperta da una consunta carta da parati, così come lo erano anche molti altri ambienti dell'edificio.

Lei, con colpi decisi delle nocche, saggiava il muro in tutta la sua lunghezza.

A un tratto ebbe un sussulto. Ripeté l'operazione.

Anziché il rassicurante suono sordo prodotto dal pieno dei mattoni aveva avuto, in risposta ai suoi colpi, un suono metallico, come di scatola vuota.

Si affrettò a lacerare la carta da parati in corrispondenza di quello stesso punto, rivelando una grata rotonda di ghisa, appesa al muro con un semplice perno.

Turbata dalla scoperta, fece ruotare delicatamente quella metallica protezione scoprendo un pertugio rotondo del diametro di una trentina di centimetri.

Vi inserì la torcia elettrica indirizzandone il raggio in un senso, poi in quello opposto. In entrambe le direzioni un lungo, stretto budello, una sorta di angusta galleria interna al muro che si spingeva lontano, perdendosi chissà dove, nei più reconditi meandri della costruzione.

Il raggio della sua torcia non era in grado di illuminarne che un limitato tratto.

All'improvviso fu distratta dai colpi di qualcuno alla porta.

«Mi sono informato da un impiegato del Municipio» le diceva Vincent entrando. «Fino a ieri quel locale che le hanno offerto non era in affitto... si sono fatti avanti in tanti ma sembra che il proprietario abbia cambiato idea solo per accontentare proprio lei... ma, mi sta ascoltando?»

«Certo» rispose lei ansiosa che quell'uomo se ne andasse.

«È non è curiosa di sapere chi è il suo benefattore?»

«Chi è?» domandò cercando di apparire interessata.

«Shields... Leon Albert Shields detto "Las"... il vinaio, quello che vuole che lei se ne vada da qui...»

«Lui?» domandò con improvviso interesse.

«Deve volere davvero che questo posto torni a essere dimenticato da tutti...»

Di nuovo sola, risalì rapida i gradini della scala raggiungendo il punto della parete in cui aveva lacerato la carta. Nel risollevare la grata se la trovò fra le mani, il perno era fuoriuscito dalla cavità facendo spiovere polvere di cemento vecchio. Ebbe così l'opportunità di osservare meglio quella raffinata copertura, progettata con il gusto del tempo: un intrico armonico di minuscoli rettili raffigurati in un inverosimile gioco o in una danza. La sua attenzione però fu da subito attratta da un piccolo marchio, una stampigliatura che rivelava forse il probabile nome del fonditore.

Aveva avvolto la grata in un foulard e l'aveva deposta sul sedile di fianco a sé, mettendo in moto il furgone.

Entrò nel buissimo bar di Condon nella certezza di trovare Ally Nicholson.

Infatti lo riconobbe subito, seduto al bancone, questa volta non solo ma in compagnia di un'attempata, platinata trangugiatrice di alcol.

«Era scomparsa» la accolse lui già alticcio con un sorriso generoso. «Posso presentarle la futura signora Nicholson? Betty Herman, la più veloce stenografa del tribunale della contea...»

«Non lo sono più da un pezzo...» obiettò la stagionata sposina con voce particolarmente roca.

Lei, agitatissima, non dimostrò nessuna disponibilità a gioire dell'evento.

«Dovrei parlarle...» disse.

Ally annuì. «Torno subito, cara...» sussurrò alla futura moglie dopo averla baciata sulla fronte.

Lei aveva liberato la grata dal foulard e la porse all'uomo.

«Qui, alla luce...» disse.

L'anziano giornalista, perplesso, avvicinò l'oggetto a una delle lampade che pendevano sui tavoli.

«Lì, in basso, quella scritta... una fonderia, no?... di qui?»

Lui dovette avvicinare ulteriormente l'oggetto alla sorgente luminosa. Sorrise annuendo: «Sì... una fonderia di qui...» ammise divertito. «Ma lo sa di quanti anni fa?»

Per raggiungere la fattoria occorreva percorrere miglia e miglia di strade gialle delimitate dal mais.

Identica alla gran parte delle fattorie del Midwest, i tetti in ardesia, i grandi silos metallici, luccicanti nel sole.

Lei fermò il van in una zona d'ombra, quindi scese dirigendosi verso il porticato.

Il vecchio cieco, la grata fra le mani, la sfiorava con i polpastrelli, riconoscendola e annuendo a se stesso.

«Sicuro, è della fonderia di mio nonno... allora era l'unico capace di lavorare così la ghisa... questo è un modello esclusivo fatto per quel pazzo...»

«Della Snakes Hall...» disse lei.

«Sì...» confermò lui. Era oltre la novantina, ma pareva lusingato da quell'interesse nei suoi riguardi. «L'ho accompagnato un sacco di volte mio nonno là dentro... c'era chi aveva imparato a togliere il veleno da quelle bestiacce e si faceva quaranta dollari la settimana, ma il caldo umido ti ammazzava... con il freddo dell'inverno di qui non avrebbero mai figliato e sarebbero morte... ecco perché quando entravi là dentro era come entrare nel deserto... da questa grata veniva soffiata aria calda dappertutto, giorno e notte, con due caldaie che bruciavano camionate di carbone...»

«Se lei ha visto montare quelle grate, ha visto anche dove erano situati i cunicoli... in quali stanze?»

«Dov'erano?» domandò il cieco ridendo con denti verdastri. «In tutta la casa, dentro tutti i muri... dalle cantine all'ultimo piano...»

Lei lo fissava sgomenta.

«Di questi cancelletti mio nonno ne avrà fusi almeno una cinquantina... ma non bastavano... a volte quelle bestiacce riuscivano a infilarsi qua in mezzo... quando scappavano dai terrari e scomparivano nelle gallerie... uno di Credit Island, che era piccolo e magro come un'acciuga, riuscì a infilarsi dentro per acchiapparne uno che lo morsicò, e lui poveraccio morì steso sul tavolo della cucina... è passato quasi un secolo, eppure me lo ricordo bene come urlava... poi il dottore fallì e credo sia tornato da dove era venuto regalando tutto quanto al vescovo...»

«Così in quei cunicoli è possibile passare?»

«Se sei secco e corto come quello di Credit Island, forse ce la fai...»

«Quindi chiuse l'attività... e i serpenti?»

Lui rise di nuovo. «Quelle bestiacce mangiano soprattutto topi... topi morti che i ragazzi gli portavano dal fiume... Be', lui a ogni topo infilò in bocca un bel chiodo da tre pollici... così la bestiaccia si mangiava il suo topo con la sorpresa dentro... ecco come ha risolto il problema...» rideva compiaciuto.

Lei, che non pareva condividere il suo divertimento, lo fissava: «Quindi solo quelli che lavorarono là fino alla chiusura dell'attività sapevano di quei cunicoli?».

«Ma se ne sono andati tutti da un pezzo... eravamo rimasti io e mio cugino Stan a ricordarci di quei tempi... adesso sono solo...» concluse il vecchio lisciando con tenerezza i ghirigori della piccola inferriata.

La facciata della grande cattedrale neogotica di Davenport, dal 1881 sede arcivescovile, era in restauro, nascosta da alte impalcature.

Padre Amy e lei dovettero entrare da un ingresso laterale per raggiungere il lungo porticato che conduceva agli uffici della diocesi.

«Ma esisteranno elenchi delle monache o anche delle converse che hanno fatto parte degli ordini religiosi di qui?» domandò lei.

Padre Amy le sorrise incuriosito: «Qualche novità?».

«No... un favore per una persona che conosco» mentì lei.

«Venga...»

Lei lo seguì nell'attraversamento di una sequela di uffici.

«Ho saputo che le hanno trovato una magnifica alternativa a North Park... dovremo rifare le licenze ex novo...»

«Sì» rispose lei tesa.

«Father Paul?» domandò il sacerdote a una ragazza di colore che stava digitando qualcosa al computer.
«È nella sua stanza...»

Father Paul era un prete sulla settantina, completamente calvo, di una magrezza innaturale e dallo sguardo febbricitante. Fumava corte boccate da una sigaretta che teneva occultata nel palmo della mano.

«Ecco qua...» disse scartabellando le pagine di un grande registro fino ad aver individuato quella che cercava. «Ecco...» lesse «quell'edificio fu concesso dal dottor Herman Wittenmeyer in donazione perpetua al vescovo Hayes, nel 1940, che a sua volta lo assegnò all'ordine delle Suore Francescane di Debuque, a quei tempi un ordine molto attivo nella nostra zona, responsabile della Casa fu nominata Mother Edilia. È questo che voleva sapere?»

«E le suore che andarono a occuparsi della Casa, delle degenti?» azzardò lei celando la sua tensione.

Il sacerdote consultava nuovamente il registro.

«Be', non sono sempre le stesse... le suore svolgono certi compiti mentre le converse sono destinate ai lavori più ordinari...»

«Nel 1957?» domandò lei.

«Guardi pure...» le disse Father Paul ruotando il fascicolo e ponendolo di fronte alla donna.

«Posso approfittare del miracolo di averti qui?» domandò poi a padre Amy trascinandolo verso il fondo della stanza.

I due preti, appartati nel vano della grande finestra, confabulavano mentre lei si concentrava su quella lista di nomi vergati con preziosismi calligrafici.

Ebbe un improvviso trasalimento. Fissava incredula la pagina.

27 marzo 1956
EGLE LANZILLO
Accolta nella casa in qualità di conversa.
Orfana. Immigrata. Apparenti 16/17 anni.
Provenienza: Benevento (Italia-Sud)

La forte inquietudine la costrinse a sedersi.
«Si sente male?» le chiese sollecito padre Amy.
«No... no» mentì lei.
«Ha trovato quello che cercava?»
«Sì... non lo so...» rispose confusa. «Posso parlarle? Ma non qui... come in confessione...»

«Non so come si fa... è la prima volta...» bisbigliò al sacerdote che l'ascoltava al di là della grata.
«Che si confessa?»
«Sì... è la prima volta... sono stata educata lontano da queste cose...» ammise. «Ma adesso ho bisogno di qualcuno con cui parlare con la certezza che...»
«Mantenga il segreto...»
«Dopo il suicidio di Giulio sono stata ricoverata per quindici anni in una clinica di St Paul... per allucinazioni... vedevo cose che nessuno vedeva... udivo voci che nessuno udiva... tutto frutto della mia testa... nessun rapporto con la realtà... capisce?»
Il sacerdote non rispose.
«Poi in questi ultimi anni un improvviso, crescente silenzio... meno di un mese fa hanno deciso che non ero più pazza... e mi hanno dimessa...»
«Quindi adesso sta bene...»
«Da ieri notte temo di essere precipitata di nuovo in quell'incubo... anche se la voce che ho udito... la presenza che ho avvertito...»

«Sì?...»

«È diversa da quelle di allora... mi dà la sensazione di appartenere a un mondo che non ho immaginato io, ma reale... e su quel registro poco fa ne ho avuto la prova... qualche cosa di ancora più assurdo e incredibile delle mie allucinazioni...» tratteneva a stento il pianto.

«Lei deve andarsene da lì il più in fretta possibile... trasferirsi nel nuovo locale...» le disse con fermezza il sacerdote. «Si ricorda che mi aveva stupito fin dall'inizio la scelta di quella casa?...»

«Non subito...»

«E perché?»

«È che avverto che ciò che mi sta capitando non è casuale... come se mi fosse data l'opportunità di aiutare qualcuno... di fare qualcosa per essere perdonata...»

«Perdonata per cosa?... per quale colpa deve essere perdonata?» insisteva lui.

Ma lei evitò di rispondergli.

«Ho la sensazione che quelle due povere ragazze, da tutti considerate le assassine, siano innocenti e mi stiano chiedendo aiuto... e che io sia arrivata lì, adesso, per svolgere questo compito... qualsiasi prezzo sia costretta a pagare...»

«Lei, anziché degli altri, deve preoccuparsi della sua salute mentale, che al momento mi sembra più importante di certe suggestioni...»

«Lo dovevo immaginare che mi avrebbe ritenuta pazza... mi ero illusa di potermi confidare...» disse lei alzandosi e abbandonando il confessionale.

Padre Amy la raggiunse al centro della chiesa, trattenendola per un braccio, costringendola con dolcezza a fermarsi.

«Davvero, lo dico per il suo bene: questa è una piccola città e c'è già chi ha da dire sull'idea di...»

«Lo so... è proprio questo interesse a cacciarmi da là che mi insospettisce...»

«Se si viene a sapere che in quella casa lei sente delle voci... magari di defunti... innocenti o colpevoli... lei perderà comunque tutta la sua credibilità, quelli della banca e quelli del Comune faranno di tutto per costringerla ad andarsene rinunciando definitivamente al suo progetto...»

«La prego di aiutarmi perché non lo facciano...» lo implorava lei con gli occhi gonfi di lagrime.

«Allora torni a essere ragionevole... si trasferisca oggi stesso...»

«Sarò ragionevole, ma mi permetta di restare ancora un poco... se esiste la possibilità di dimostrare la loro innocenza... solo ancora qualche giorno... perché la mia vita torni ad avere un senso...»

Lui taceva e la fissava, quindi disse: «Mi ascolti: lei qui è stata accolta con simpatia da gran parte della comunità... tutti si aspettano l'apertura di un nuovo, autentico, ristorante italiano... lei non è qui per svolgere indagini su una storiaccia che tutti vogliono dimenticare... le ripeto: che tutti qui vogliono dimenticare... mi ha capito, vero?».

«Sì» bisbigliò lei prima di abbandonare rapidamente la chiesa.

Stava attraversando il Village quando all'improvviso un ragazzino di non più di sette anni si parò davanti al muso del suo automezzo, al centro della carreggiata.

Fu rapida a frenare, facendo stridere i pneumatici, sbandando e andando a fermarsi sull'altro lato della strada, evitando miracolosamente un autocarro che proveniva in senso contrario.

Il bambino, piangente, salvo per miracolo, era stato raggiunto da una giovane, elegante donna, alla quale era evidentemente sfuggito.

Pallidissima, la fronte china sul violante, cercava con respiri profondi di riprendersi.

La bella signora nel frattempo si era avvicinata al suo automezzo sorridendole confusa, trascinando il bambino recalcitrante.

«Mi dispiace... mi dispiace davvero...» ripeteva la donna.

«Non è niente...» replicò lei sforzandosi di sorriderle.

«È stata bravissima...» diceva ancora la donna. «Sicura di sentirsi bene?»

«Sì, benissimo... è tutto a posto.»

«Grazie ancora» aggiunse la donna.

Lei aveva riavviato il motore. Girò più volte il volante facendo fare una rotazione al furgone per riprendere la giusta direzione.

Addossando la scala alle pareti, ripeteva in ogni stanza la medesima ricognizione: saggiava i muri con un vecchio martello fino a individuare la zona in cui strappare la carta da parati, rivelando regolarmente una nuova grata.

Nel terrore che alcuni serpenti fossero sopravvissuti chissà come, avessero figliato e si celassero in quella miriade di gallerie, si affacciava a ognuna di quelle botole con estrema cautela, ispezionandone con la sua torcia l'interno.

Fu nel sollevare l'ennesima griglia che il raggio della sua torcia evidenziò qualcosa di singolare che, infilandosi a stento nell'apertura, riuscì ad afferrare.

Nella penombra le parve una babbuccia di panno grigiastro.

Turbata da quel ritrovamento, scese dalla scala avvicinandosi alla finestra ed esponendo quell'oggetto alla luce dell'esterno.

Se ne liberò con un grido, gettandolo lontano da sé inorridita.

La piccola pantofola conteneva i resti di una calza consunta che a sua volta tratteneva la parte ossea, il tessuto incartapecorito di quello che doveva essere un piede umano.

Tremante, sgomenta, fissava quel macabro reperto.

Accostò il van al marciapiede frenando bruscamente, facendo stridere i pneumatici e suscitando l'attenzione dei passanti che la videro scendere e correre verso l'ingresso di uno degli edifici.

«Scusami il disordine... ma vivo sola...» si giustificava l'anziana bibliotecaria. Protetta da una pesante vestaglia, la precedeva lungo un corridoio ingombro di libri.

«Non ti spiace se mi rimetto a letto?... mi sento davvero senza forze...» le chiese Paula Hardyn.

«Allora?» domandò la vecchia fissandola.

«C'è qualcosa di assolutamente incredibile che riguarda quelle due ragazze scomparse...» disse lei tutto d'un fiato, senza riuscire ad andare avanti, sconvolta, con il viso tra le mani.

L'anziana malata la fissava dal suo letto in silenzio.

«Non so più a chi parlarne...» proseguiva lei travolta dall'angoscia. «Mi prendono per pazza... e io invece, ora, ho la certezza di non esserlo... capisce?» disse piangendo.

«Io lo so che tu non sei pazza... e so anche che in questa città fai bene a non fidarti di nessuno...»

«Credo di avere la prova che, dopo la strage, quelle due ragazze non abbiano mai lasciato quel luogo...» disse sottovoce scandendo le parole.

Lo sguardo della vecchia si accese di interesse: «Come lo sai?».

«Ho scoperto dove si sono nascoste e dove temo siano morte... sono certa che perlustrando quelle tane si troverebbero i loro resti...»

Tacque, fissando Paula Hardyn.

«Ma c'è ancora qualcosa di incredibile» aggiunse timorosa.

«Coraggio...»

«La loro presenza, le loro voci, o qualcosa che somiglia alle loro voci... le ho udite per due notti di seguito... una delle due che si rivolgeva a una certa Egle... oggi, in un registro della diocesi, ho scoperto che una conversa italiana di sedici anni circa era in quella casa nell'anno della strage... e si chiamava proprio Egle... Egle Lanzillo... ed Egle, anche in Italia, non è un nome diffuso... capisce?»

«Non stai immaginando di sentire le voci dei morti?» le chiese preoccupata la vecchia.

Lei stava per rispondere quando il rumore di qualcosa di metallico che cadeva al suolo nell'altra stanza la fece sussultare zittendola.

«Mi aveva assicurato che non c'era nessuno...» disse alzandosi e affacciandosi sul corridoio.

«È così, sono sola, te lo giuro...» replicava la bibliotecaria cercando di apparire convincente.

Ma qualcuno là in fondo, nella penombra, stava abbandonando furtivo la casa richiudendosi la porta alle spalle.

«Mi ha mentito...» disse lei.

«Ma non è così... te lo giuro...» replicava Paula Hardyn.

«Mi ha ingannato!» aggiunse lei furente.

Fu in quello stesso giorno che decise di esplorare a fondo il piano di sopra.

Salì i gradini della scala con crescente inquietudine.

Raggiunse il corridoio ingombro di cumuli dei materiali più vari.

Tentò invano di aprire una porta, quindi una seconda.

Si guardò attorno.

Non le fu difficile scardinare un sostegno di ferro da una vecchia scaffalatura metallica. Lo usò come piede di porco aggredendo una terza porta.

Premette sul ferro con entrambe le mani, con tutte le sue forze, fino a produrre uno schianto e il simultaneo spalancamento dell'uscio.

Fu accolta dal volo forsennato di alcuni piccioni che cercavano di guadagnare l'esterno attraverso i vetri infranti di una finestra lurida.

Sul pavimento uno spesso, disgustoso strato di guano. Per il resto la stanza era del tutto spoglia, fatta eccezione per una catasta altissima di reti metalliche che raggiungevano in altezza una porzione strappata della vecchia tappezzeria, in corrispondenza di un'ennesima grata che pencolava lassù, dalla parete.

Si fermò a guardare il pertugio e, subito sotto, quella possibilità di discesa o di risalita rappresentato da quell'ammasso di giacigli.

Rabbrividì, raggiunta all'improvviso da quell'inesplicabile rumore di trascinamento proveniente dal corridoio.

Abbandonò in fretta la stanza.

Era evidente che il rumore proveniva dalla parete sinistra dell'andito, in direzione del ballatoio.

Facendosi largo fra i tanti oggetti che le impedivano il passaggio, riuscì ad affiancare quel suono sordo lungo tutto il suo percorso all'interno delle pareti che si succedevano.

Procedette così fino in fondo al corridoio, dove il rumore le parve puntare all'improvviso verso il basso, verso il pavimento, attenuandosi fino a scomparire del tutto.

Scese velocissima i gradini della scala, attraversò il salone fino a raggiungere nella stanza sottostante il punto nel quale il rumore si era inabissato.

Ma inutilmente. Anche lì il silenzio.

Per poter disporre di una superficie ampia, affiancò due tavoli destinati al ristorante.

Stese su quel ripiano un insieme di fogli strappati da un bloc-notes assemblandoli con nastro adesivo.

Disponeva ora di un grande, unico foglio.

Assumendo come unità di misura la lunghezza di un suo passo, avviò la mappatura della casa iniziando dal vestibolo.

Tracciava le linee corrispondenti ai muri perimetrali usando a mo' di righello il coperchio di una vecchia scatola di biscotti trovata in cucina.

Evidenziava con un asterisco i punti corrispondenti alle botole che aveva via via individuato al piano terra, quindi, tratteggiato, il presumibile percorso dei cunicoli.

Muller sospinse la porta d'ingresso sorpreso di trovarla aperta.

Lei, chinata sul grande foglio, non si accorse di lui.

«Era aperto...» disse l'agente facendola sussultare.

Lei, dopo un primo momento di sconcerto, fece di tutto per occultare con il proprio corpo la mappa che stava realizzando.

L'agente si rese subito conto dell'impaccio di lei, soprattutto della luce febbricitante che c'era nel suo sguardo.

«Dicono che ha deciso di rimandare il trasferimento...» disse.

«Solo per poco... ma ci andrò il prima possibile...» gli promise lei senza convinzione alcuna.

Lui annuì, fingendo a sua volta di crederle.

«Cercava dei ragazzi per la cucina... camerieri... ne ho trovati alcuni che le piaceranno... tutti diplomati alla scuola alberghiera... deve solo dirmi quando li vuole vedere...»

«Certo, ma non subito» replicò lei con la voglia di chiudere la conversazione.

Muller non aveva mai smesso di sbirciare il grande foglio. Azzardò: «Se ha bisogno di qualcuno che sappia mettere su carta una planimetria... Be', all'università ho fatto solo quello... esattamente quello... per anni...».

«No, no, grazie... una sciocchezza per far passare il tempo...»

Lui annuì tutt'altro che convinto.

«Ho sbagliato a sottovalutare le voci che circolavano su questo posto, ma adesso sono convinto che quel locale sulla Kimberly sia davvero l'ideale per lei...»

«Sì, lo è...» ammise lei senza incoraggiare oltre la conversazione.

«Potrò venire qualche volta... almeno a vedere come sta?» domandò l'uomo.

«Certo.»

L'agente immobiliare si avviò verso il vestibolo.

«Non mi piace lasciarla qui sola...» disse. «Voglio che lo sappia... non mi piace per niente...» aggiunse. «Si chiuda bene dentro... con quelli» alludeva ai grossi lunghissimi catenacci.

«Lo farò...» disse lei. «Comunque, sono al sicuro...»

«Buonanotte» disse l'uomo prima di scomparire al di là della porta d'ingresso.

Lei restò immobile. Udì il motore dell'auto avviarsi, allontanarsi. Quindi il silenzio.

Certa di essere nuovamente sola, tornò alla sua mappa.

Una giornata ventosa di nubi veloci.

Lei, pallida, i capelli malamente raccolti sulla nuca, gli occhi febbricitanti, seguiva attenta ciò che il funzionario della banca le stava dicendo.

«Da due settimane lei ha firmato un contratto di affitto per quell'immobile di North Park...»

«Sì...»

«Il suo agente ha già riattivato gli allacciamenti ai servizi indispensabili ma non sta succedendo niente... tutti gli arredi, per quanto ne so, sono ancora lassù, in quella maledetta casa, e non mi sembra ci sia l'aria di un trasloco imminente...»

«Potete portarli giù... quando volete.»

Il direttore le sorrise incredulo: «Signora, non spetta a noi farlo... lei ha assunto un impegno con questa banca per un consistente affidamento in denaro... impegnandosi a rientrare attraverso gli utili del suo ristorante italiano che...».

«Sì, lo so... è quello che voglio fare... è la promessa che ci siamo fatti con Giulio... ma è successo che...»

«Alla fine del mese scade la prima rata e non so immaginare come possa...»

«Ce la farò, ce la debbo fare... ma se non mi libero da questo problema... capisce?»

«Quale problema?»

Lei lo guardava con i suoi occhi stanchi, segnati da notti di veglia, la mente lontana: «Ho sempre pensato di essere ormai una donna come tante, inutile...». Gli occhi le si erano inumiditi, ma non se ne curò.

«All'improvviso...» esitò, incerta se confidarsi.

«All'improvviso?» la sollecitò lui.

«Mi si presenta un'opportunità... io in passato ho fatto molto male a una persona buonissima, malata... incapace di difendersi... ora ho l'opportunità di riscattare quella colpa che non mi dà requie... non mi chieda di rinunciare a questa opportunità così unica in tutta la mia vita... davvero, non lo faccia...» lo implorava con trepidazione autentica.

L'uomo l'ascoltava interdetto.

Con la consapevolezza di avere ancora poco tempo per restare in quella casa, dedicò tutta se stessa al completamento della mappa. Trangugiava litri di caffè mentre sul grande foglio si andava via via evidenziando con abbondanza di dettagli la peculiarità di quella costruzione.

Attese la notte per uscire finalmente di casa, protetta da un impermeabile dal bavero alzato, i capelli stretti in un foulard, parte del viso nascosta da occhiali scuri.

Raggiunse con il suo van un centro commerciale, a quell'ora pressoché deserto.

Acquistò tutto ciò che le poteva garantire la sopravvivenza per diversi giorni.

Fu nel tornare al suo automezzo, nel piazzale antistante il grande magazzino, che ebbe la sensazione di essere seguita da una vettura.

Nel rientrare verso casa vide i fari di quell'auto misteriosa nello specchietto retrovisore.

Inquieta, si augurò che cambiasse prima o poi direzione, ma non accadde. L'auto la seguì fin su, in cima alla collina, nel desolato spazio antistante la casa.

Angustiata, fermò il suo automezzo a ridosso dei gradini dell'ingresso. Fu svelta a scendere, ad aprire la porta e a entrare facendo scorrere nei cursori i rassicuranti catenacci.

Restò immobile qualche secondo, a luci spente, mentre il telefono trillava nel salone.

Le fu sufficiente scostare di poco una tenda per scorgere quell'auto ancora là fuori, immobile, i fari spenti.

Sollevò il ricevitore.

«Pronto...» sussurrò.

«Temo di averla spaventata, ma Ally non vuole che mi impicci» le diceva la voce roca, inconfondibile, della futura signora Nicholson. «È che in giro dicono che lei non vuole lasciare quella casa perché avrebbe scoperto qualcosa... è così?»

Lei non rispose, il respiro corto.

«Comunque sappia che non verrà mai a capo di niente se non entra in possesso delle due deposizioni della centralinista... di entrambe... ha capito?»

«Quale centralinista?»

«Quella del Black Hawk... l'ultima ad avere parlato con una delle donne prima del massacro...» aggiunse l'ex stenografa prima di sospendere bruscamente la comunicazione.

Vide l'auto muoversi, attraversare rapidamente il piazzale e sparire inghiottita dal buio.

Restò qualche istante immobile prima di trovare il coraggio per accendere la luce.

Riprese il suo lavoro.

A tratti sollevava lo sguardo con la sensazione di aver avvertito un rumore. Si avvicinava alla parete dalla quale aveva avuto la certezza che provenisse.

Rassicurata, tornava quindi al suo tavolo.

«Mi scusi... per consultare gli atti di un processo penale che si è svolto nel tribunale di questa contea?»

«Quanti anni sono trascorsi dalla sentenza definitiva?» le domandò l'archivista del tribunale pronta a digitare i dati sulla tastiera del suo computer.

«Molti, moltissimi... una cinquantina...»

«Il processo era a carico di?» chiese l'altra. «I nomi degli imputati?»

«Credo che le imputate fossero due... una delle due era di certo italiana, minorenne... si chiamava Egle... Egle Lanzillo...»
«Egle Lanzillo...» ripeté l'impiegata facendo correre rapida le dita sui tasti.
«Sì...» confermò lei guardandosi attorno. Fu allora che incrociò lo sguardo di una giovane donna elegante, che distratta dal fascicolo che stava consultando la fissava incuriosita.
«Ma è il processo della Snakes Hall?» disse l'impiegata fissando il monitor del computer.
«Sì, è quello...» ammise lei con disagio.
La giovane signora si dimostrava sempre più incuriosita.
«Mi spiace...» diceva nel frattempo l'incaricata dell'archivio. «Gli atti risultano secretati...»
«Cosa vuol dire?»
«Che il giudice che condusse allora il dibattimento ha deciso di secretarli... immagino che lei non sia stata parte in causa nel processo...»
«Cioè?»
«Non è legata alle vittime o agli imputati da legami di parentela...»
«No... no...»
«Spiacente allora... non credo di poterle essere di aiuto...» disse con tono conclusivo l'impiegata.
«Grazie...» bisbigliò lei abbandonando rassegnata l'ufficio.

«Mi scusi...»
Si sentì chiamare, si girò: la giovane signora la stava raggiungendo.
«È che senza volere ho ascoltato parte di quello che ha detto... mi chiamo Ella Murray... sono avvocato in questa città... e lei due settimane fa ha salvato la vita a mio figlio...»
«Ah, sì...» replicò lei riconoscendo all'improvviso in quel-

la giovane e piacente signora la madre del bambino che aveva rischiato di investire.

«Mi piacerebbe parlarle... credo che non sarebbe inutile anche per lei... il pomeriggio mi trova sempre a casa...» aggiunse porgendole un biglietto.

Lei, incapace di reagire, sorrise annuendo mentre Ella Murray, sui suoi alti tacchi, rientrava nella segreteria dell'archivio.

Tornando alla Snakes Hall le fu sufficiente raggiungere il salone delle vetrate per avvedersi dei tanti brandelli di carta sparsi un po' ovunque sul pavimento.

La sua grande mappa, il lavoro di tanti giorni, di tante notti, fatto a pezzi.

Incapace di una reazione, fissava come ipnotizzata quella distesa di frammenti, quando avvertì dall'esterno l'avvicinarsi di un'auto e il richiudersi di uno sportello.

Andò a una delle finestre e attraverso la fessura di un'imposta riconobbe Paula Hardyn.

La vecchia bibliotecaria si stava dirigendo faticosamente verso l'ingresso.

Pochi istanti e il trillo del campanello si riverberò in tutto l'edificio.

Lei non si mosse.

Lo scampanellio si fece più insistente.

Attraverso lo spiraglio intravide la vecchia retrocedere di qualche passo. Rivolgeva ora il suo sguardo verso la parte più alta della costruzione.

La vide quindi avvicinarsi sempre più alla stessa finestra dalla quale la stava spiando.

Si acquattò nell'ombra mentre l'anziana donna aveva accostato il volto a uno dei vetri e, proteggendo la vista dal riverbero del cielo, scrutava l'interno.

«So che sei chiusa là dentro e che non mi vuoi parlare...» diceva la vecchia. «Lo so che sei lì dentro e che mi puoi sentire... le cose che mi hai detto e qualunque cosa tu abbia scoperto a qualcuno non piaceranno... te ne sei resa conto anche tu... credo di essere la sola in questa città a capire quello che stai vivendo... se sono qui malgrado stia malissimo è perché ti voglio aiutare...»

All'improvviso la vecchia si staccò dalla finestra girandosi, lei era comparsa sulla porta.

«Chi si occupò di cercare quelle due ragazze... chi lo fece veramente?» domandò lei con tono tutt'altro che conciliante.

«Se pensi di avere scoperto qualcosa di davvero importante...» replicò la vecchia insinuante «se è così... lo sai che dovrai parlarne per forza a qualcuno... senza sapere di chi potrai fidarti veramente.»

«Possibile che nessuna delle due avesse genitori, parenti, conoscenti... qualcuno che si sia preoccupato di cercarle?!»

«Dai verbali del processo non risulta.»

«Non me li fanno leggere i verbali del processo... o li hanno secretati solo per me?!» reagì lei rabbiosa.

«No... se vuoi calmarti, forse posso spiegarti...»

«Perché fu così importante la deposizione della centralinista dell'albergo?» la incalzava lei.

Paula Hardyn, cercando di dimostrarsi a tutti i costi comprensiva, le si avvicinò sorridendole: «Perché fu la sua testimonianza a determinare l'ora della strage...».

Lei, lo sguardo allucinato, la fissava.

«Nella sua deposizione c'è sicuramente dell'altro.»

«Come lo sai?»

«Lo so...» mentì lei.

«Continui a non fidarti di me... è così...»

Lei si limitò ad annuire.

«Fai male... ho una notizia che non ti farà piacere...» replicò la vecchia con tono acido.

«Sarebbe?»

«C'è qualcuno di loro... molto in alto qui... che si sta occupando di te... del tuo passato...»

Lei tacque, evidentemente allarmata.

«... di una faccenda che ha a che fare con la morte di tuo marito... con il suo suicidio...»

Lei impallidì. «Intendete ricattarmi adesso?!... Volete mettere a tacere anche me dopo aver messo a tacere quelle due poverette?!... È questo che volete?!» urlava isterica mentre la vecchia si avviava verso la sua auto.

«Hai fatto male a non fidarti di me... adesso sei davvero sola!» ripeté più volte Paula Hardyn salendo faticosamente a bordo per poi mettere in moto.

Lei, nel frattempo, era rientrata in casa sbattendo la porta.

Si accasciò su se stessa, sopraffatta dai singhiozzi.

Un cielo pesante, di granito, dietro le basse colline del cimitero di Oak Park.

Il suo van sollevava polvere e ghiaia.

Già in prossimità della tomba di Giulio, ancor prima di scendere dal suo furgone, notò la grande fossa nera, cinta da cumuli di terra smossa.

Scese dirigendosi verso la lapide di granito, fissando sgomenta, incredula, il fondo della profonda buca vuota.

Il custode del cimitero scartabellava il registro.

«Una settimana fa, non di più...» le diceva. «Ecco qui... il 22... me lo ricordavo... è stato riesumato il 22...»

«Per essere traslato dove?» domandava lei esterrefatta.

«Si rende conto che io sono la vedova e che non mi ha informato nessuno?...»

«L'avrebbe dovuto fare la sorella... è sua la richiesta...»

«Ma Giulio non aveva sorelle...» replicò lei perentoria.

«Mi dispiace» rispose lui comprensivo. «Ma qui, per quello che ci riguarda, è tutto in regola...»

«E dove l'avrebbero portato?»

«Nel New Hampshire... a Concord, è lì che vive la sorella...»

«Ma si rende conto?... quindici anni dopo... una sorella che emerge dal nulla... che pretende improvvisamente... che mi porta via mio marito...» piangeva. «Riesce almeno a capire l'assurdità?...»

«Vorrei aiutarla, davvero... ma qui è tutto a posto... e io non so... non so proprio... forse in Municipio...» si giustificava l'uomo condividendo lo sconforto di lei. «Sono loro che ci trasmettono le autorizzazioni...»

In contrasto palese con l'austerità dell'ufficio il gigantesco funzionario del Comune che sedeva dietro la scrivania indossava una maglia esageratamente stretta, soprattutto non sufficiente a contenere il suo ventre imponente.

«È accaduto qualcosa di inspiegabile... che non mi dà pace...» farfugliava lei tesissima.

«Vediamo di raccapezzarci...» disse l'uomo dimostrandosi capace di un sorriso rassicurante.

«Al cimitero di Oak Park... è sepolto lì da quindici anni... mio marito, capisce?...»

«Il nome?» domandò lui tirando a sé la tastiera di un computer.

«Giulio Sainati.»

«Esse, a, i, enne...»

«... a, ti, i.»

«Grazie.»

«Meno di dieci giorni fa mi sono recata sulla sua tomba a pregare... a pregare ed era tutto a...»

«Traslato a Concord...» la interruppe lui leggendo quanto andava componendosi sul monitor. «Blossom Hill Cemetery... su richiesta dell'autorità di là... a nome di Lillian Sainati, coniugata Sutton... nata a Genazzano di Roma il 3 novembre 1938, di professione logopedista, sorella del defunto... se vuole posso farle avere una copia del documento e delle tasse pagate... e una ricevuta dell'impresa di pompe funebri che...»

«No, no, non serve» replicò lei colta da un'improvvisa vertigine.

«Vede che è tutto a posto?...» le diceva l'uomo mentre lei era costretta ad appoggiarsi al piano della scrivania per non barcollare.

«Sicura di stare bene?»

«Sì, certo...» sussurrò pallidissima.

Nuovamente a casa, entrò nella sua stanza gettandosi sul letto, svuotata di ogni forza, sopraffatta dai singhiozzi.

Un ridacchiare sommesso, proveniente dalla parete contigua alla scala, le fece sollevare il capo.

Si rialzò, avvicinandosi cauta al punto da cui proveniva quel suono.

Lo avvertì allontanarsi accompagnato da quel misterioso trascinare.

Ne seguì il percorso di stanza in stanza.

Il ridacchiare si faceva a volte infantile, quindi affannoso, a tratti si tacitava come costretto a una sosta nel faticoso trascinamento di quell'inesplicabile zavorra.

«Chi sei?» ripeteva con tono implorante. «Non devi aver paura di me... io voglio aiutarti... chi sei?!»

Ma non ottenne alcuna risposta.
Tutta la grande casa restituita a un profondo silenzio.

Recuperò dalla cucina una ciotola profonda e la riempì di latte.
Salì sulla scala addossata alla parete cercando di mantenere in equilibrio il contenitore.
Raggiunse la botola che si apriva sul muro.
Vi depose all'interno la ciotola.
Scese i gradini della scala allontanandosi.

Fuori stava imbrunendo.
Sdraiata sul letto, fissava il soffitto.

Vincent raggiunse con la sua potente moto la sommità della collina e si diresse verso l'ingresso della casa.
Premette più volte il pulsante del campanello.
Dall'interno nessuna risposta.
Girò tutt'intorno all'edificio.
«Signora, sono Vincent... signora!» gridava senza ottenere risposta alcuna.
Il van di lei era lì fuori parcheggiato.
A parte questo, nessun segno di vita.
L'uomo desistette, risalì sulla sua moto e si allontanò.

All'improvviso fu colta da una nuova energia che la costrinse ad alzarsi.
Raggiunse il salone.
Compose il numero al telefono.

Padre Amy abbassò il volume del suo televisore per rispondere.

«Sì...»

«Non vorrei disturbarla... magari è a cena...»

«No, al contrario... l'avrei chiamata io più tardi...» replicò il sacerdote.

Lei, ansiosa, lo interruppe: «È che c'è qualcuno di estremamente potente che sta facendo di tutto perché io me ne vada...».

«E come?»

«Usando i modi più terribili, più crudeli... il mio Giulio... il suo cadavere, portato via da una sorella mai esistita... la tomba vuota... e una pazza che mi minaccia...»

«Deve calmarsi e cercare di farmi capire...»

«Mi perdoni, ma sono davvero stremata... ho la sensazione di avere contro il mondo intero...»

«Chi l'avrebbe minacciata?»

«Una persona di qui, facendomi capire che c'è qualcuno di molto importante che... lei lo sa che, a parte questa mia ostinazione a restare qui, non ho mai dato segni di squilibrio...»

«No, ma adesso è molto agitata e deve aiutarmi a capire se vuole che le dia una mano...»

«È che questa donna mi ha detto esplicitamente che c'è chi sta indagando sul mio passato come se io avessi commesso...»

«Commesso?»

«Mah, non lo so... gliel'ho detto che sono stata male... molto male... ma c'era una ragione terribile, il suicidio di Giulio... lo sa... gliel'ho detto... lo sanno tutti... non credo possa essere considerata una colpa per la quale essere minacciata...» improvvise le lagrime, incontrollabili, difficili da asciugare nel polso della maglia.

«Io non so chi l'abbia minacciata, comunque se lei sa di non avere nulla da temere...» il tono di voce del sacerdote si era fatto all'improvviso melliflluo.

«Io non ho nulla da temere, comunque resta la minaccia...»

«Venga via da lì subito e vedrà che finirà tutto...» le diceva lui.

Lei non replicò.

«Signora, mi sente?... lasci quel luogo e le prometto personalmente... mi impegno io... non avrà più nulla da temere da nessuno...»

Lei taceva, fissando sgomenta il vuoto davanti a sé.

«Signora?... pronto... mi ha sentito?... lasci quel luogo e io le prometto che potrà tornare a contare su...»

Con un gesto deciso strappò il cavo che collegava il telefono all'impianto.

Accese la luce che rischiarava la piccola stanza, quindi salì i gradini della scala appoggiata alla parete.

Raggiunse l'apertura.

La ciotola era ancora lì, colma di latte.

Restò qualche istante a fissarla pensierosa.

Tenendo aperta sulle ginocchia la carta stradale e consultandola, rallentò la velocità del van per imboccare un viale in leggero declivio.

Era alberato e delimitato da una successione di lussuose dimore.

Accostò l'automezzo al marciapiede. Scese.

Al di là di un grande cancello, nella luce abbagliante del sole, Ella Murray stava rincorrendo un bambino su un prato di giada.

Ridevano entrambi euforici per la corsa.

Lei li guardava ipnotizzata, raggiunta da una fortissima nostalgia di una quotidiana normalità.

«Eccola!» gridò la giovane madre riconoscendola. Veniva verso di lei tenendo il bambino per mano.

«Lui è Lester Murray Jr... che le deve la vita...» disse aprendole il cancello.

«Ciao, Lester...» rispose lei sorridendogli.

«E tuo figlio come si chiama?» le domandò il bambino.

Lei ebbe un attimo di disagio. Poi balbettò: «Come te...».

«Anche lui Lester... come te... è una bella combinazione, vero?»

Si accomodò su uno dei grandi divani del luminoso soggiorno. Ella Murray le si sedette di fronte.

«Lei è l'italiana che ha affittato quel posto orribile per farne un ristorante... è così?»

Annuì, avvertendo che gli occhi le bruciavano.

«Facendo infuriare Las Shields e altri di qui, fra i quali mio marito...» aggiunse Ella. «Se Frank sapesse che l'ho portata qui a casa nostra, mi ucciderebbe...»

«Non voglio che corra dei rischi» disse lei alzandosi.

Ma l'altra la trattenne, costringendola a sedersi di nuovo.

«Lui ha fatto fallire la società di mio fratello e adesso si porta a letto sua moglie... la cosa è di dominio pubblico...» le confidava con tono rancoroso. «E poi che lo sappia io non lo preoccupa.» Si protese verso una scatola aprendola. «Scarpe da mille dollari... erano per lei... il commesso ha sbagliato indirizzo...» disse mostrandole un paio di calzature di coccodrillo di un verde smagliante. «Ho deciso di tenermele...» cercava a tutti i costi di riderne. «Se non mi inventassi ogni tanto un'occasione per vendicarmi, che matrimonio sarebbe?... se resto ancora qui, è solo per Lester... per lui...»

Lei annuì, comprendendo la sofferenza di quella donna che aveva di fronte.

«Se mio marito non vuole che nessuno si impicci più in quella storia...»

«Sì...»

«È perché fu suo nonno, il compianto giudice Lester Murray, a emettere quella frettolosa sentenza di condanna nei confronti di due minorenni delle quali non si sapeva nient'altro se non che erano scomparse: una sentenza della quale non andare fieri...»

«E la ragione?»

«Non furono di certo quelle due povere ragazze a trarre vantaggio da quel massacro...»

«E chi allora?»

«L'unico che ne ebbe un autentico beneficio fu Las Shields... la morte di sua madre gli permise di ereditare una fortuna, e con tutto quel denaro non gli è stato difficile trovare chi lo aiutasse a far dimenticare la cosa...»

«Anche il giudice Murray...»

«E non solo... molti di qui hanno visto in quella terribile vicenda l'opportunità per entrare a far parte di un comitato di affari che li ha resi potenti e inattaccabili... forse ora si rende conto del perché stia cercando di aiutarla...»

«Perché?»

«Lei è la sola ad avere trovato il coraggio di sfidarli...»

«Non mi sopravvaluti» si schermì lei.

«Vedere Frank preoccupato mi dà una gioia difficile da capire... vedere la sua sicurezza improvvisamente vacillare per me non è cosa da poco...» sorrise fissandola. «Lei non è sposata, vero?» aggiunse.

«Lo sono stata... molti e molti anni fa...» rispose con improvviso disagio.

«Non so se può comprendere fino in fondo cosa possa

provare una donna nei riguardi del compagno della sua vita che la tradisce vantandosene e soprattutto umiliando la sua famiglia.»

«Credo di sì...» sussurrò lei.

Ella Murray sorrise vincendo l'emozione.

«Le è stata negata la possibilità di consultare gli atti di quel processo?» le domandò.

«È così, ma ormai sono diventati inutili...»

«E cos'è cambiato da ieri?»

Lei fu costretta a inspirare a fondo.

«Che mi sono arresa...» ammise fissando il tappeto. Sollevò di colpo lo sguardo: «Credo di essere stata davvero vicina a scoprire cosa accadde là dentro quella notte...».

«Ma...»

«Ma c'è chi, per impedirmelo, dopo aver adottato modi apparentemente civili, ha deciso che era ora di giocare duro, occupandosi della parte più segreta, più intima, più mia, più dolorosa della mia vita, capisce?» Aveva occhi rossi e gonfi. «Ma è troppo complicato... insomma, hanno trovato il modo per farmi desistere...» aggiunse alzandosi. «Ero venuta per dirle che la ringraziavo per il suo aiuto, ma che ormai...»

Anche Ella si era alzata. La fissava.

«Non lo farà...»

«Perché?»

«Perché io l'aiuterò più di quanto lei possa aspettarsi...»

Fissandola, vide nello sguardo di quella giovane, facoltosa, bella signora, appartenente all'alta borghesia del Midwest americano, al di là delle apparenze gentili, una forza imprevedibile, autentica.

«Ci sono io ad aiutarla...» ripeteva Ella Murray senza alcuna incertezza nella voce.

«No, davvero, ho già deciso... e poi non voglio mettere nei

guai anche lei... davvero, non voglio...» aveva raggiunto la porta. Si girò.

«Comunque, grazie...» concluse con la voce rotta dall'emozione.

Ormai annottava quando trascinò verso l'esterno una delle sue pesanti valige caricandola sul van.

Stava rientrando nell'edificio per recuperare la seconda quando fu raggiunta da quell'inspiegabile rimbombo, cupo, profondo, metallico, che faceva vibrare l'intera costruzione.

Preceduta dal raggio della torcia elettrica si diresse verso quella zona del sottoscala dal quale le pareva che provenisse.

Si trattava in realtà di uno spazio angusto che alloggiava un armadio, inusuale per la sua grande altezza.

Aprì un'anta per scoprire che occultava un vecchio ascensore.

Con grande apprensione si introdusse nell'abitacolo producendo l'accensione di una plafoniera dalla luce rossastra.

Premette uno dei tre pulsanti riconoscendo da subito, in quel sinistro stridore di ingranaggi e di cavi d'acciaio, il rimbombo che l'aveva raggiunta poc'anzi.

Con una vibrazione dell'intera struttura la cabina fu trascinata verso l'alto incuneandosi in un nero budello.

Il fiato sospeso, pallidissima, attese che l'antiquato ascensore si fermasse con un sussulto.

Sospinse la porta, che le resistette. A impedirne l'apertura un ammasso di legname.

Uno spiraglio le permise di riconoscere il corridoio del primo piano.

Tardò qualche istante, incerta sul da farsi, quindi premette un secondo pulsante.

Con eguale sferragliare dell'intero meccanismo la cabina salì ancora più su, verso la sommità dell'edificio.

Qui le fu possibile aprire la porta che si trovava al centro di un corridoio del tutto simile a quello sottostante, seppur completamente sgombro.

La desolazione del luogo era assoluta.

Dal cedimento di una porzione del tetto e del solaio era penetrata per anni acqua piovana. Una parte del pavimento marcita. Molte delle porte sfondate o addirittura mancanti.

Inspiegabili cumuli di penne di uccelli, resti di fuochi, di legni carbonizzati.

Una mezza dozzina di topi, trafitti da un unico filo di ferro, a comporre un ripugnante festone sospeso a mezz'aria.

Ovunque quel fetore insopportabile di morte che la costrinse a proteggersi le narici con una mano.

L'esaurirsi delle batterie della torcia rendeva sempre più fioco il raggio di luce che le permetteva di esplorare l'interno delle stanze.

Fu allora, in quel luogo ripugnante, che avvertì nuovamente di non essere sola. Che quella, o quelle presenze si celavano in uno dei cunicoli privo di grata, che correva lungo una parete del corridoio.

Avvicinandosi, fu il solito fruscio e quel ridacchiare infantile che la convinsero che non si sbagliava.

«Ormai lo so da tempo che siete nascoste qui...» disse rivolta a quel pertugio nel muro, con la luce della lampada che si faceva sempre più fioca. «So che siete nascoste qui, in questa casa... lo so da tempo, ma non l'ho mai rivelato a nessuno...»

Tacque per un istante.

«Non dovete avere paura di me, sono qui per difendervi...»

Dalla profondità del cunicolo ancora silenzio.

«So che una di voi si chiama Egle... Egle Lanzillo, ed è di origine italiana come me... è un bel nome... bisogna essere una bella ragazza per avere un nome così...» aggiunse inutilmente.

«E l'altra?... anche tu eri qui quella notte terribile... tu ed Egle... ma non so ancora il tuo nome... io sto per lasciare questa casa per sempre... e voi tornerete a essere sole come prima... se avete qualcosa... qualcosa di voi che vorreste si sapesse fuori... su quella notte...» Tacque per un attimo. «Quando sarò uscita di qui non vi sarà più possibile farlo... chi entrerà qui sarà solo vostro nemico... nessuno crederà mai più alla vostra innocenza...»

Ancora silenzio.

Comprese di avere fallito. Annuì a se stessa rassegnata. Ormai la torcia era del tutto inutilizzabile. Nella grande penombra mosse alcuni passi in direzione del fondo del corridoio.

«Liù...» sussurrò all'improvviso la flebile voce di vecchia dalla profondità del cunicolo.

Lei si girò, avvicinandosi tesissima a quel pertugio.

«Sì, Liù?» ripeté.

«Liuba...» sillabava l'esile voce.

«Ti chiami Liuba, è così che ti chiami?» chiedeva lei emozionatissima.

«Mi doveva sposare...» sussurrò ancora la voce della vecchia.

«Chi?»

«Ma il dottore... il dottore voleva...»

«Voleva?»

«Che una donna cattiva venisse per visitarmi... e lui non mi sposava... lui in prigione... lui in prigione per sempre...»

«Chi è lui? Il figlio della Shields? È lui che ti voleva sposare?»

«Egle non vuole che tu faccia entrare più nessuno qui... solo tu devi restare...»
«Perché Egle ha paura?»
«Tu hai promesso di difenderci...» diceva la voce di Liuba. «Tu hai promesso di difenderci e che nessuno entrerà mai più qui...»

Dal vecchio centralino estrasse la scheda plastificata scorrendo i recapiti telefonici di più frequente utilizzo: quello della diocesi di Davenport, quello della Casa madre delle monache di Des Moines, il Municipio, i vigili del fuoco, la polizia, quello della società del gas e quello del dottor Hall di Moline.

Formò quest'ultimo numero: una voce registrata comunicava che si trattava di un numero incompleto, suggerendo di consultare l'elenco telefonico o di rivolgersi a un operatore.

«Pronto, mi scusi, un'informazione... un numero telefonico di un abbonato di Moline... so solo che molti anni fa era intestato al dottor Barney Hall... sì, lo immagino... va bene, va bene... mi dia quello... magari è un parente... grazie...»

Fu una giornata di intense ricerche.

Percorse miglia e miglia scendendo e risalendo sul suo furgone, seguendo indicazioni, spesso troppo vaghe.

Fu solo all'imbrunire che raggiunse un vecchio ospizio al di là del fiume, in Illinois.

Scese dall'automezzo rivolgendosi a una delle infermiere. Ottenne l'informazione che aveva richiesto.

Malgrado fosse trascorso mezzo secolo il vecchio medico, sostituto del dottor Hall di Moline, aveva conservato un po' dei suoi capelli rossastri, l'alta statura, il naso adunco e quel modo di sorridere ingenuo della sua remota giovinezza.

«Lo dissi al processo...» raccontava seduto sulla poltrona in prossimità del davanzale. «Che quella notte fui chiamato per visitare una delle due novizie... di quelle due che poi scomparvero... poveretta, si trovava in preda a una crisi dovuta all'alcol e a non so quale droga... ma aveva tutta la gonna strappata e la superiora era certa che fosse stata stuprata... così le consigliai una visita ginecologica...»

«E questi timori le parvero fondati?»

«Considerato che sapevano chi fosse il responsabile...»

«Intende Las Shields?»

«Era un giovane molto chiacchierato per le sue intemperanze sessuali... e non solo... era un violento che approfittava della ricchezza e delle conoscenze della madre... abusava di tutto... credo sia questa la causa di una malattia degenerativa che l'ha ridotto su una carrozzella...»

«Ma la visita ginecologica non ebbe luogo?»

«La mia collega, quando la mattina dopo salì alla casa di riposo, la trovò piena di poliziotti...»

Lei tacque qualche istante fissando il vecchio medico.

«E sull'eventualità che quella minorenne fosse stata stuprata, cosa le fu chiesto al processo?» domandò.

«Nulla» rispose l'uomo con un sorriso indifeso.

«Nulla?»

«Gliel'ho detto... se quel massacro non ha avuto mai un vero movente è perché si è fatto di tutto perché non lo avesse...»

Lei scese dal suo van correndo verso il cancello della villa dei Murray.

Le ampie vetrate del piano terra, protette da tende, erano tutte illuminate.

Agitatissima, premette il pulsante producendo l'accensione dello spot di una telecamera che la abbagliò.

«Mi scusi... è urgente... la signora...» disse protendendosi verso il citofono.

«Non credo possa» rispose la voce anonima di una donna.

«La prego... è importante... per lei... la prego» implorava fissando l'obbiettivo.

Trascorsero pochi minuti e vide Ella Murray, elegantissima, uscire in giardino e dirigersi verso di lei mentre qualcuno faceva scattare l'apertura del cancello.

«Cos'è accaduto?» le chiedeva la bella signora.

«Ho scoperto qualcosa di tremendo, ma ho paura di tenerlo solo per me... lo debbo confidare a qualcuno... nel caso mi accada di...» ma non aggiunse altro.

«Mi segua.»

Perimetrarono veloci e silenziose la costruzione, rasentando le grandi vetrate. All'interno di una delle sale intravide una dozzina fra uomini e donne seduti a un tavolo da pranzo. Parevano divertirsi.

Fra di loro Las Shields sulla sua carrozzella.

«Di qui...» la sollecitò la padrona di casa.

Sul retro una stretta scala di cemento conduceva ai garage.

Ella Murray richiuse la porta accendendo una fioca luce. Apparve da subito evidentemente preoccupata.

«Di sopra, oltre a mio marito e agli altri, c'è anche Las...» disse.

«Giuri di non prendermi per pazza...» replicò lei fissandola.

«Perché?»

«Sono giorni e giorni che l'avevo intuito, ma oggi ne ho avuto la conferma... quelle due converse... le due ragazze condannate come assassine...»

«Sì?»

«Sono ancora là... nascoste all'interno di quella casa...»
Si sentì fissata dallo sguardo incredulo di lei.

«Ma com'è possibile?» replicava la signora Murray. «Si rende conto? Sono passati cinquant'anni...»

«Glielo giuro, deve credermi... almeno lei deve credermi: non sono pazza...» la supplicava angosciata. «Sono ancora là e credo di avere finalmente la prova che possa scagionarle...»

«Lei sta scherzando, vero?» replicò l'altra senza riuscire a nascondere un'improvvisa diffidenza.

«No, non sto scherzando... è terribile pensare che ci sia qualcuno che si muove incessantemente all'interno di quei muri, che striscia lungo quei cunicoli bui, di notte, di giorno, sempre in fuga... e da oggi avere la certezza che sono innocenti... se anche lei non mi crede, sono assolutamente perduta...» disse piangendo.

«Signora...» una cameriera era comparsa sulla porta, oltre le auto. «Stanno chiedendo di lei...»

«Sì, arrivo subito...» le rispose la padrona di casa.

«Per provare l'innocenza di quelle due» diceva lei asciugandosi gli occhi «è indispensabile poter conoscere cosa dichiarò quella telefonista al...»

«Gli atti del processo?» le chiese l'altra mentre la cameriera, con la sua presenza, la sollecitava a risalire.

«Devo tornare di sopra prima che vengano a cercarmi, ma vedrò cosa mi è possibile fare... a patto che lei non pretenda che creda che quelle sono ancora vive!»

«Va bene, non le chiedo di credermi... mi consideri pazza, come vuole, ma mi aiuti lo stesso...» la implorò mentre la bella padrona di casa raggiungeva la sua domestica.

Stava affrontando la salita che l'avrebbe ricondotta alla Snakes Hall quando il lampeggiare ripetuto di un potente faro di una moto rischiò di abbagliarla.

Rallentò, riconoscendo Vincent in quel motociclista che le faceva segno di affiancarsi al bordo della strada.

«Sono giorni che la cerco...» le disse lui accostando. Pareva angustiato.

«Lo so...» replicò lei. «Ma stanno succedendo cose che sarebbe difficile spiegare...»

«È proprio per questo che volevo metterla in guardia... dal parlarne troppo...»

Lui si guardava attorno, mostrando tutto il timore che provava per ciò che stava per dirle.

«Cosa c'è?»

«Si stanno muovendo, come se avessero paura... io non so cosa abbia a che fare lei con una clinica di St Paul...»

Lei cercò di mascherare il repentino turbamento che la colse.

«Perché?»

«Hanno mandato un giornalista di qui, uno che conta, fin lassù... per raccogliere notizie su una storia, qualcosa che la riguarda...»

«Su di me?» domandò lei fingendosi stupita.

«Non so di cosa si tratti, ma ho il sospetto che non stiano lavorando a vuoto...»

«Grazie» disse lei stringendo il volante. «Se anche questo deve essere un segnale... riferisci a quelli che...»

«Guardi che io voglio solo aiutarla...»

«Riferisci a quelli che non mi fanno più paura...» aggiunse mettendo in moto e facendo schizzare via il van sollevando del terriccio.

Vincent, interdetto, attese qualche istante per poi riaccendere la sua moto.

Lei, piangendo di rabbia, fece girare la chiave nella serratura della porta.

Fu all'interno del soggiorno.

Si stava dirigendo verso la sua stanza quando passò accanto alla scala che aveva lasciato appoggiata a una delle pareti, in prossimità di una delle botole.

Incuriosita, salì fino a raggiungere l'apertura.

La ciotola era stata svuotata del latte che conteneva.

Scese, avviandosi rapida in cucina per riempirla nuovamente con latte fresco.

Per raggiungere la scuola elementare di Bettendorf occorreva percorrere un lungo viale di querce.

La massiccia costruzione si distingueva dalle tante altre in stile vittoriano per l'ampia, sproporzionata pensilina in ferro battuto che ingombrava gran parte della facciata.

Lei, abbandonato il furgone, fece il suo ingresso nell'edificio scolastico.

Avvicinò una delle bidelle che stava affiggendo alcuni stampati a una bacheca.

«Per la palestra?»

«Giù... in fondo... la porta a vetri...»

«Grazie.»

Raggiunse l'enorme ambiente, del tutto deserto. Lo attraversò dirigendosi verso l'ingresso degli spogliatoi.

«Può chiudere...» le disse Ella Murray con la luce delle grandi occasioni nello sguardo.

Lei obbedì, accostando la porticina alle sue spalle.

«Qui, fino al termine delle lezioni, siamo al sicuro...» disse la donna. Era seduta su una panca e aveva aperto sulle ginocchia un computer portatile.

«Meglio che si sieda di fianco a me...» le suggerì.

Attese di averla accanto.

«Ecco il miracolo che mi ha chiesto...» aggiunse Ella usando il mouse per ottenere sullo schermo una successione di scritte.

«È tutto qui... dagli interrogatori alle requisitorie alla sentenza...»

Lei, eccitata, fissava il monitor.

«Come ci è riuscita?»

«L'unica domanda che non devi farmi» rispose lei passando a darle del tu. «Allora, cosa cerchiamo?»

«Sì, per prima cosa, il nome delle due ragazze...»

«Delle imputate?»

Le dita dalle unghie laccate di Ella Murray scivolavano veloci sulla tastiera.

«Ecco...» lesse. «Procedimento a carico delle contumaci Egle Lanzillo e Liuba Bransk...»

«Liuba...» ripeté lei colta da un brivido.

«Qui l'elenco dei testimoni... quelli dell'accusa e quelli della difesa... anche se la difesa risulta essere solo d'ufficio...» sottolineò producendo una colonna di nomi.

«Eccola...» disse lei al culmine dell'eccitazione indicando uno dei nominativi della lista.

«Rina Hines, nata a Bettendorf il 10 agosto 1932, musicista, temporaneamente centralinista al Black Hawk di Davenport...» lesse lei trepidante. «È lei...»

«Richiamiamo la sua deposizione?» chiese Ella Murray indirizzando la freccetta verso il nome della telefonista.

Le due donne camminavano una accanto all'altra fiancheggiando le tribune della grande palestra deserta.

«Quindi ha smentito totalmente la prima deposizione...» diceva lei scandalizzata. «Ma è consentito?»

«Vale solo ciò che è dichiarato in aula, sotto giuramento... quanto è stato dichiarato, soprattutto a ridosso dell'evento, può sempre essere ritrattato, considerate le circostanze particolari, l'emotività del testimone...»

«Ma era in una stazione di polizia ed era lo sceriffo che la interrogava...» obiettava lei delusa. «E poi la differenza fra le due deposizioni è troppo importante per non insospettire chiunque... se la Wittenmeyer ha telefonato alle dieci di sera, come ha dichiarato ai poliziotti, *quando stava ancora nevicando*... chiunque può essere salito lassù, entrando e uscendo a suo piacimento senza lasciare tracce... è così?»

Ella Murray annuì.

«Mentre una volta davanti al giudice cambia tutto, dice di essersi confusa, che forse si era assopita... ma di rammentare adesso benissimo che la Wittenmeyer chiamò quando stava ormai albeggiando, quindi almeno cinque ore più tardi... *quando aveva smesso di nevicare da un pezzo*... e non si è avuta che una timida obiezione da parte della difesa d'ufficio...»

«Evidente che faceva comodo a qualcuno stabilire che responsabili di quella strage fossero solo quelle due ragazzette...» replicò la Murray.

Lei fissava una maglietta da ginnastica, appesa a un filo, ad asciugare.

«Come faccio ad avere la certezza che quella ha mentito?»

«Se ha mentito allora, continuerà a mentire ancora... comunque per saperlo occorre incontrarla... e, per poterlo fare, verificare innanzi tutto se è ancora viva...»

«Se è nata nel 1932 ha passato i settanta...» disse lei. «Credo di sapere chi possa aiutarmi a trovarla...»

«Mamma mia, le tre!» esclamò all'improvviso Ella Murray avviandosi veloce verso l'uscita. «Lester sta uscendo dal doposcuola... aspetti qualche minuto prima di andarsene...» si raccomandava senza girarsi.

Si avvicinò al bancone del bar di Condon.
«Scusi...»
«Dica...» le rispose il corpulento proprietario.
«Cercavo Ally... veramente quella signora che, non so se era uno scherzo, ma che diceva che stava per sposare...»
«Alle Barbados... luna di miele...» rispose Condon. «Con l'idea di restarci...» e rideva a sua volta incredulo.

Sospinse la porta girevole dell'Hotel Black Hawk e fu all'interno della grande hall.
Facendosi forza, si diresse verso il bureau.
Una concierge di origine asiatica le sorrideva.
«Desidera?»
«Sono italiana e sto facendo una ricerca sulla provincia americana negli anni Cinquanta... su cosa è cambiato...» mentì sforzandosi di apparire credibile.
«Io non c'ero di certo» rise divertitissima la giovane impiegata.
«Sì, tu no...» convenne cercando a sua volta di sorridere «ma qualcuno che allora lavorava qui... se c'è ancora...»
«Un momento, prego...» rispose la ragazza scomparendo oltre la porta a molle.

Il lustrascarpe di colore era tutt'altro che giovane. Pareva divertito lucidandole i mocassini e rievocando quegli anni.

«Sicuro che me la ricordo... Rina Vattelapesca...»
«Rina Hines...»
«Lei... lavorò qui per pochi mesi per sostituire Lillian che era per la sesta volta in maternità...» rideva.
«Poi, quando è tornata questa Lillian, dov'è finita Rina Hines?»
«Avrà ripreso a suonare in giro... l'unica al mondo a suonare la fisarmonica come se fosse un'orchestra... e senza due dita... dovevate sentirla...»
Lei sussultò.
«Senza due dita?»
«Chiudevi gli occhi e ti sembrava un'orchestra.»
Lei, pallidissima, si era alzata, porgendo all'anziano lustrascarpe una banconota.
«Ma ho appena cominciato...» protestò lui.
«Vanno benissimo così...» replicò lei raggiungendo uno dei tanti telefoni a parete.

«Pronto...» Ella Murray, un cordless stretto fra la spalla e la gota, stava spremendo delle arance mentre il piccolo Lester seguiva con grande attenzione il lavoro di un idraulico sdraiato sotto il lavello della cucina.
«Un attimo... non riesco a capire...» disse la donna spostandosi in un'altra stanza.
«Una cosa incredibile... ma se è come temo chiarirebbe un po' di cose...» le diceva concitata lei.
«Cioè?» le chiese la Murray incuriosita.
Lei si guardò attorno per assicurarsi di essere sola.
«Sto andando da quella...» sussurrò.
«Quella del centralino...»
«Credo sia proprio lei...»
«E come l'hai trovata?»

«È stato più facile di quanto potessi mai immaginare... in realtà è stata lei a cercarmi più volte...»
«Può essere pericoloso... se mi dai il tempo di sistemare Lester vengo con te...»
«No... non voglio insospettirla prima di essere certa che sia davvero lei... ti chiamo dopo...» riattaccò dirigendosi veloce verso l'uscita.

Suonò il campanello dell'appartamento una prima volta, quindi una seconda, una terza. Inutilmente.
«Non ha saputo?» le chiese una voce di donna che la costrinse a girarsi spaventata.
«Cosa?»
Una nanerottola sulla cinquantina, dalla testa costellata di bigodini multicolori, la guardava con diffidente rammarico.
«L'hanno portata via la notte scorsa...»
«Dove?»
«Al St James Hospital... quelli gravi della zona li portano tutti lì...»

«La signora Paula Hardyn... è stata ricoverata la notte scorsa...»
L'infermiera consultò il monitor del suo computer.
«È in rianimazione...»
«Per vederla?»
«Mi spiace, ma quello è un reparto in cui non sono ammesse visite...»

Uscì dal grande montacarichi guardandosi attorno.

C'erano solo due infermieri che venivano nella sua direzione, al centro del lungo corridoio.

Fu veloce a scomparire all'interno di una toilette.

L'agente immobiliare in completo nero e camicia bianca scese dalla sua auto avvicinandosi alla casa, un mazzo di fiori in mano.

Salì i pochi gradini della Snakes Hall.

Suonò un paio di volte il campanello senza avere risposta.

Si guardò attorno. Il sole tramontava illividendo la grande valle. Il fiume ormai nero.

Stava rinunciando quando ebbe la netta sensazione di vedere qualcosa, qualcuno, muoversi oltre una tenda di una delle finestre del piano terra.

Batté alcuni colpi sonori alla porta.

«Signora!» ripeté inutilmente.

Poi tornò rassegnato alla sua auto.

Ella Murray fumava agitata fissando l'apparecchio telefonico silenzioso.

A un tratto parve decidersi e raggiunse Lester nella sua stanza.

«Amore, io debbo uscire e papà non è ancora qui... e non posso lasciarti da solo...» nel parlargli aveva recuperato da un armadio una giacchetta impermeabile che gli fece indossare.

«E dove andiamo?» domandò il bambino.

«Ti prometto che torniamo presto...»

Ella Murray, alla guida della sua vettura, percorreva le vie cittadine senza smettere di comporre numeri sul suo cellulare. Sempre senza ottenere risposta alcuna.

Sul sedile posteriore Lester era impegnato in una sfida con il suo luminescente videogame. A ogni punto realizzato, una scarica di segnali sonori.

Finalmente qualcuno rispose al telefono.

«Mi scusi, sono la signora Murray, parlo con il Black Hawk?... È lei, Tina?... Ah, è lei, Bea?... È che poco più di un'ora fa una signora, italiana... sì, ecco... quella... sì... ma non sa dov'è andata?... Va bene, mi scusi, grazie...» chiuse la comunicazione delusa.

«Possiamo tornare a casa?» le domandava Lester annoiato.

«Ancora un attimo, amore...» rispose lei costeggiando i marciapiedi nell'illusione di ritrovare chi stava cercando.

Ella Murray, al termine della sua inutile ricerca, aveva raggiunto con la sua auto la Snakes Hall.

Il piccolo Lester osservava inquieto la facciata dell'edificio disseminata di tanti rettili.

«Andiamo via, mamma...» piagnucolava.

«Un momento solo...» disse la donna scendendo dall'auto. «Tu aspettami qui... torno subito...»

«No, no...» protestò il piccolo spaventato raggiungendo la madre.

Tenendosi per mano, salirono i pochi gradini che conducevano al porticato.

La porta d'ingresso socchiusa. Ella Murray la sospinse.

Si trovarono all'interno del grande vestibolo nella polverosa luce proveniente dalle finestre.

«Andiamo via, mamma...» la implorava Lester mentre si avvicinavano alla grande scala.

All'improvviso, il rumore secco del catenaccio che serrava la porta li fece girare sgomenti.

Lei attese che annottasse prima di uscire dalla toilette affrontando il corridoio dell'ospedale, deserto e rischiarato solo dalla luce azzurrastra di alcuni neon.
Entrò in una stanza immersa in una fitta penombra.
Il bagliore rosseggiante di alcuni led le permise di distinguere due letti sui quali giacevano, imbrigliati in una serie di fili e tubicini, due degenti.
Con estrema cautela affrontò una seconda stanza.
Riconobbe subito la "bibliotecaria", anch'essa collegata a una serie di macchine.
Le si avvicinò in silenzio.
Attese qualche istante prima di toccarle un braccio.
«Rina Hines...» le sussurrò.
La donna, destandosi, aprì gli occhi.
«È lei, vero?»
Rina Hines compì una lenta, faticosa torsione del capo per poter incrociare il suo sguardo.
Non pareva sorpresa. I capelli bianchi, scarmigliati, gli occhi infossati, lucidi, acquosi.
«Perché mi ha ingannato nascondendomi la sua vera identità?»
La vecchia pareva del tutto incapace di reazioni, si limitava a ricambiare il suo sguardo con occhi stanchi, di chi si è definitivamente arreso.
«Lei sta male... molto male... e proprio per questo non deve continuare a nascondere la verità... se lei cambiò la sua deposizione ci fu di certo qualcuno che la minacciò e che la minaccia ancora... è la stessa persona che l'ha mandata a controllarmi... ma ormai quella persona non deve più spaventarla...»

Gli occhi della "bibliotecaria" erano gonfi di lagrime.

«Fu lui, il figlio della Shields, quella notte, a salire alla Snakes Hall durante la nevicata, chiamato dalla madre... è così?... per amor di Dio, me lo dica...» la supplicava.

«Sì» rispose l'altra in modo quasi impercettibile.

«Fu lui a uccidere la superiora e la Wittenmeyer?! Lei lo sa... non può tenere questo segreto per sé... non può aver permesso che quelle due poverine venissero condannate...»

«Quando Las arrivò lassù...» sussurrò con fatica estrema la donna «sua madre e la superiora erano già state uccise...»

Lei fissava la donna incredula.

«Non è possibile...»

«Erano già state uccise...» ripeté la vecchia allo stremo delle forze.

«E la Wittenmeyer, quella che le telefonò... la Wittenmeyer chi la uccise? Fu Las a ucciderla?»

Lei non rispondeva. Improvvisamente inespressiva, lo sguardo vuoto, perduto nel nulla, la bocca semiaperta nella staticità della morte.

Provò a scuoterla, inutilmente.

Smarrita, si rialzò allontanandosi dalla stanza, nel silenzio del grande ospedale.

Stava abbandonando l'edificio quando riconobbe la grande berlina nera di Shields in attesa, sull'altro lato della strada.

Si avvicinò: Las, il volto esangue, lo sguardo glaciale, era seduto su una sorta di trespolo sul sedile posteriore.

Lei, determinata, aprì lo sportello protendendosi verso l'interno.

«Non deve più temere... è morta adesso...» gli disse. «L'unica possibilità che avevo di chiedere la riapertura del processo, facendole ritrattare la sua deposizione, perduta... lei non ha più nulla di cui avere paura...»

Lui taceva fissandola, il respiro corto, cavernoso.

«Lei salì alla Snakes Hall quella notte durante la tormenta di neve, quando almeno la Wittenmeyer era ancora viva... ma nessuno potrà più dimostrarlo... non tema, lo sappiamo solo io e lei...»

«Crede davvero che abbia ucciso mia madre?» la provocò lui con tono sarcastico. «Crede che sia stato capace di massacrare l'unica persona che contava veramente nella mia vita?!»

«Probabilmente sua madre era già stata uccisa, ma lei non ne ha certamente sofferto... non è così?»

Taceva ora, fissandolo.

«Si è sempre sostenuto che l'omicidio di quelle tre donne non avesse movente...» continuò lei «e invece di moventi ce n'erano ben due...» Riprese fiato per un attimo. «Ed entrambi i moventi portano a lei... la morte della sua amatissima madre l'ha liberata dai tanti debiti che la stavano strangolando, la morte delle altre due invece...»

«Invece?»

«Le ha permesso di non essere arrestato per lo stupro di quella poverina... le ha evitato una sicura condanna...»

«E tutte queste sciocchezze è in grado di dimostrarle?» azzardò lui.

«Lei e i suoi soci in affari siete stati abilissimi nel far trascorrere tutti questi anni in modo che il tempo cancellasse via via ogni prova... le domande che andavano fatte non furono poste e molte delle persone che avrebbero potuto rispondere ormai non ci sono più...»

«Lei appartiene a quella specie di donne...» la interruppe l'uomo «capaci di dedicarsi con tutte loro stesse alle vicende altrui, trascurando chi ha avuto la malasorte di essere loro accanto.»

«Cosa vuol dire?» domandò lei sulla difensiva.

«Qui abbiamo ottimi giornalisti... soprattutto per il supplemento domenicale... non lo perda domenica, il prossimo la riguarda...»

Lei, allarmata, avvertì che stava per essere colpita duramente.

«Contiene il ritratto di una donna che ha sposato un uomo malato, con gravi problemi nella sfera sessuale, con un disperato bisogno di essere aiutato, di essere protetto da se stesso... al contrario, la moglie lo denuncia con una lettera anonima...» era lui ora a fissarla severo. «Al magistrato non fu difficile accertare che fu lei stessa a scrivere quella lettera...»

Lei era incapace di reagire, lo sguardo offuscato dalle lagrime.

«E suo marito si impiccò essendo ormai additato dall'intera comunità come il mostro, un pericolo per i ragazzi... non potendo più contare su nessuno, tanto meno sulla sua adorata consorte...» aggiunse con evidente compiacimento. «Mi permetta di avere qualche perplessità sul suo ruolo di pubblica accusatrice...»

Lei sapeva di dover assolutamente recuperare dentro se stessa un residuo di energia.

«È vero, mi sto occupando di una storia che solo casualmente mi riguarda...» ammise. «Ma sono arrivata a scoprire qualcosa che riguarda lei e che di certo non la farà dormire da stanotte...»

«Cosa?» domandò lui, che si era ritirato nell'ombra protettiva del fondo dell'auto.

Lei non volle essere precipitosa nel rispondergli. Si prese un po' di tempo per asciugarsi gli occhi. Quindi disse: «Avete fatto di tutto per condannare e far scomparire quelle due ragazzine... Be', sono ricomparse...».

«Io non so se lei ha il particolare potere di parlare con i morti... se non è così, sappia che furono quelle due la causa di tutto, e il fatto che colui che avrebbe dovuto archiviare le indagini lo abbia fatto...»

«La ragione di tanta precipitazione?»

«Per evitare a quelle due esaltate una terribile, ma meritatissima, fine... forse si fece in modo che si punissero da loro stesse...»

Lei lo ascoltava inorridita.

«Non vorrà farmi credere che c'è chi ha sempre saputo di loro là dentro... non vorrà farmi credere che lei sapeva di loro nascoste là dentro?!»

«Lei è sull'orlo di un precipizio... non vada oltre... un passo ed è perduta...»

«Lei sapeva che erano là dentro terrorizzate... e non ha fatto nulla per...» continuò proteggendosi la bocca con una mano, incapace di sopportare un'idea così disumana.

«Se lo rammenterà... la misi in guardia...» replicò gelido l'uomo. «La sua impresa è nata sotto una malevola stella...» concluse prima di richiudere lo sportello.

La grossa berlina, silenziosa, si mosse dal marciapiede immettendosi nel traffico che si diradava.

Era ormai notte quando lei raggiunse la vetta del colle.

Alle sue spalle i rumori della città.

Lì una quiete diffusa, irreale.

Con stupore vide un'auto decappottabile, quella di Ella Murray, ferma a pochi passi dalla Snakes Hall. Si guardò attorno agitata.

Salì i gradini introducendo la chiave nella serratura. Fu allora che si accorse che la porta era socchiusa.

La sospinse con timore crescente.

La accolse il diffuso, innaturale silenzio del vestibolo.

«C'è qualcuno?» domandò senza ottenere risposta.

Con estrema cautela si diresse verso il salone quando, all'improvviso, fu raggiunta da quella inconfondibile voce di vecchia bambina: «Egle è arrabbiata con te...».

Lei si girò in direzione dello sconfinato buio, rabbrividendo.

«Non hai mantenuto la promessa che le hai fatto...» diceva quella voce mentre dalle tenebre che la occultavano emergeva, come materializzandosi, qualcosa che pareva avere fattezze umane.

Quelle di una vecchia, ricurva, che trascinava un pesante fagotto lurido, fatto di una coperta o di una tela cerata, che strisciando sul pavimento produceva quel rumore che l'aveva ossessionata.

A tratti riusciva a coglierne lo sguardo mobilissimo, di chi è perennemente sulla difensiva, in un lampo ne scorse le mani ossute, dalle unghie luride e lunghissime, da uccello da preda.

«Ci hai promesso che ci avresti protette e invece ci hai mandato quella a prenderci...» aggiunse la vecchia mantenendosi in quella zona di poca luce.

Lei, annichilita dal terrore, intravedeva quell'essere che i tanti anni trascorsi all'interno di quell'intrico di cunicoli avevano reso indefinibile e quindi spaventevole oltre ogni dire.

«Fra poco arriveranno gli altri per catturarci... vero?»

«No...» riuscì a replicare lei. «Ve lo giuro, non ho mandato nessuno...» aggiunse. «Non so proprio chi possa essere venuto a...»

«Lo sai...» ribatté la voce della vecchia Liuba. «Ma non ci farà più alcun male... lo dice anche Egle...» aggiunse, e improvvisamente proruppe in quella risatina isterica.

«Ma dov'è Egle?» domandò lei cercando di scrutare le tenebre nelle quali l'altra si celava.

«Da quando si è addormentata è sempre con me...»

«E dove?»

Ma la vecchia evitò di risponderle.

«Anche tu sei vergine, vero? Egle lo ha intuito... anche lei è vergine... pura... ecco perché quando si è addormentata l'ho vestita con l'abito bianco della superiora... tanto quella non l'avrebbe più usato...» altro risolino insensato. «Vuoi vederla?»

Lei annuì appena, respirando a fatica, cercando di dominare lo sgomento che la stava attanagliando mentre le mani della vecchia, con grande amorevolezza, avevano sospinto in avanti il fardello aprendone un lembo per evidenziarne il macabro contenuto.

Lei represse a stento un grido di raccapriccio.

Quel fagotto conteneva, in una disarticolazione che solo la mancanza di vita rende possibile, i resti di un cadavere in parte putrefatto, goffamente insaccato in un abito da monaca.

«Eccola, Egle... la mia sorella maggiore... la mia sola amica qui dentro, per tanti inverni, per tante estati... ci hanno cercate tanto i primi anni... e Las urlava che se ci avessero trovate ci attendeva la sedia elettrica... ma noi» e rideva divertita «eravamo sempre in posti diversi... perché Egle è astuta e sa sempre suggerirmi il nascondiglio giusto... mi ha sempre protetto anche contro quelle tre megere che erano contro di me e volevano impedirmi di sposare Las...»

«Siete state voi a ucciderle?» azzardò lei facendosi forza.

Liuba rise nel suo modo insensato.

«Hai sentito, Egle? Ci chiede se siamo state noi a uccidere quelle tre belle signore?» diceva la vecchia Liuba protendendo la punta insanguinata di un lungo ferro. «E di certo non si immagina con cosa...» rideva. «Le suore questo l'inverno lo usavano come rompighiaccio oltre che per serrare la porta... un povero catenaccio che ci è stato comodo, grazie alla fantasia di Egle...»

«È con quello che avete ucciso quelle povere donne?» domandò lei atterrita.

«Forse... forse è con questo... vero, Egle?» ripeteva la vecchia ridendo isterica. «Ma è un segreto fra noi... che non devi svelare a nessuno... Egle non mi voleva aiutare quando lo conficcai tutto nel collo della superiora... e lei con questo ferro nella gola era ancora capace di parlare, di urlare, di ripetere i nostri nomi mentre la Wittenmeyer si era chiusa nella sua stanza e la madre di Las era uscita nel corridoio... buona sera signora suocera, le ho detto mentre lei si era scagliata contro Egle e stava per farla precipitare dalle scale, quando l'ho colpita nella pancia, ma è difficile uccidere una persona così grassa...» ridacchiava mentre lei, strisciando lungo la parete, cercava disperatamente una via di fuga.

La vecchia però, con quel catenaccio dalla punta aguzza, pareva tenerla sotto tiro.

«Fu allora che arrivò Las e sua madre era ormai stecchita e anche la madre superiora... fu lui a sfondare la porta della Wittenmeyer che chiedeva aiuto al telefono e le piantò la punta di questo bell'arnese nella bocca che si mise finalmente zitta... poi ci urlò che eravamo delle assassine e che ci avrebbero di certo condannate alla sedia... questo ci urlava ripetendoci che l'unica salvezza era nasconderci e non farci più trovare... fu allora che Egle ebbe l'idea di infilarci dentro un cunicolo dell'aria che lei aveva scoperto nella sua stanza...»

Si accorse solo allora che a pochi passi da dove si trovava, dall'armadio posto nel sottoscala, da una delle ante semiaperte, fuoriuscivano il polpaccio, la caviglia, il piede di una donna calzato in una scarpa di coccodrillo, di colore verde acceso.

La luce rossastra della plafoniera rivelò Ella Murray, ripiegata in due, la schiena rossa di sangue.

Lei fu rapida nel ripararsi all'interno dell'ascensore serrandone la porta un istante prima che Liuba col suo orrendo ferro acuminato ne infrangesse i cristalli.

Atterrita, premette uno dei pulsanti mentre avvertiva le risate divertite della vecchia.

Finalmente l'abitacolo, con uno scossone violento, si sollevò verso l'alto.

«Lester... Lester...» riuscì a ripetere con grande sforzo Ella Murray. «Lester... mio figlio...» aggiunse prima di perdere conoscenza.

«È qui... in questa casa... Lester è qui?!» domandava lei senza riuscire ad avere risposta.

Con un sussulto l'ascensore aveva raggiunto il secondo piano della Snakes Hall.

Lei uscì affrontando il buio corridoio.

«Lester... Lester... sei qui, Lester?...» sussurrava. «Lester...» ripeteva passando da una stanza all'altra.

A un tratto si immobilizzò, le era parso di aver avvertito uno scricchiolio, un rumore di passi provenire da una delle stanze poste sulla sinistra del corridoio,

Aprì la porta provocando la fuga di alcuni grossi topi da uno squarcio nel coperchio di una bara collocata al centro dell'ambiente.

Il fetore insopportabile non le impedì di leggere la scritta sulla targa di ottone avvitata al legno fradicio della cassa:

GIULIO SAINATI
1952-1992

Inorridita, si domandava per quale misteriosa ragione il feretro di suo marito fosse stato occultato lì.

Ma non ebbe modo di darsi una risposta, raggiunta da qualcosa di simile al lamento di un bambino.

«Lester...» sussurrò rientrando nel corridoio.

Non si era ingannata. Un pianto sommesso proveniva da uno dei bocchettoni che si aprivano sulla parete che aveva alle spalle.

Per raggiungerlo dovette sospingere un vecchio cassettone e salirvi sopra in piedi.

«Lester!» gridò verso l'interno del cunicolo.

Ora il pianto del bambino terrorizzato era più riconoscibile, più netto.

«Lester... sono io, l'amica della mamma... non devi avere paura di me... non ti voglio fare del male... ti voglio portare via da qui...» lo supplicava cercando di sporgersi per quel poco che poteva con un braccio e il viso all'interno dello stretto pertugio. «Ti prego, io da qui non posso vederti... ma se senti la mia voce... riesci a sentirla?»

«Sì...»

«Ecco... vieni verso di me... ecco, c'è la mia mano che ti aspetta... Lester...»

Lei avvertì il pianto del bambino placarsi.

«Ecco... la vedi la mia mano?...»

«Sì...»

«Afferrala...»

Si era dovuta allungare sulle punte dei piedi per potersi sporgere al massimo con il braccio verso l'interno del budello.

«Ecco, ecco... vieni... sei al sicuro... vieni che ti aiuto a uscire...»

All'improvviso lanciò un grido di orrore. Anziché le mani del bambino le orrende mani, simili ad artigli, di Liuba l'avevano afferrata.

Solo con uno sforzo enorme di tutta se stessa le fu possibile liberarsi da quella mostruosa stretta. Fuggì precipitandosi nel corridoio urlando, con le mani sanguinanti dalle ferite prodottele dagli artigli della vecchia.

Scese di corsa le scale gridando di raccapriccio.

Raggiunse il piano terra correndo verso la porta mentre dall'esterno proveniva sempre più netto un suono di sirene.

Quando finalmente fu fuori, stava albeggiando.

Si sentì in salvo: tre auto della polizia e un'ambulanza stavano salendo veloci il viottolo che conduceva alla casa.

Si sedette su uno dei gradini con il volto fra le mani, abbandonandosi a un pianto liberatorio.

Le auto di soccorso avevano nel frattempo raggiunto il piazzale antistante la costruzione.

Poliziotti, medici e infermieri si affrettavano verso l'ingresso dell'edificio nel confondersi delle voci degli agenti in contatto radio con la loro centrale.

«Il ragazzino, che non si sa come sia riuscito a scappare, sembra avesse ragione...»

Lei intravide, seduto sul sedile posteriore di una delle auto della polizia, il piccolo Lester, pallidissimo, che la fissava.

Rassicurata, cercò di sorridergli mentre uno dei poliziotti proseguiva la sua relazione.

«... dentro la casa c'è sua madre ferita, pare abbastanza gravemente, la stanno visitando ma serve una trasfusione urgente... la portiamo al St Regis... allertateli voi...»

«E l'aggressore?» domandava qualcuno dal comando.

«Il ragazzino parla di una vecchia spaventosa uscita da chissà dove, ma qui non c'è nessuna vecchia... c'è solo l'inquilina... una donna in stato confusionale che piange e basta...»

Lei infatti ora piangeva a dirotto mentre qualcuno le proteggeva le spalle con una coperta.

Nella profondità di uno dei cunicoli la vecchia Liuba trascinava il suo macabro fardello rincuorando la sua defunta compagna.

«Ti hanno spaventato Egle, ma non devi avere paura, lo sai che sono loro ad avere paura... e poi a quella non crede nessuno...» diceva a quel fagotto di ossa imboccando un budello che scendeva verso le più recondite e rassicuranti profondità. «Ormai è buio, Egle... vuoi anche stanotte la ninna nanna così ti addormenti?...» chiedeva per poi canticchiare con la sua voce di vecchia bambina:

> *Magic moments,*
> *mem'ries we've been sharing...*
> *Magic moments,*
> *when two hearts are caring...*

Fu nell'inverno di quello stesso anno che l'edificio denominato Snakes Hall, in seguito a un referendum cittadino, venne demolito. Della sorte delle contumaci Egle Lanzillo e Liuba Bransk non si ebbe più alcuna notizia.

Postfazione

Parte delle vicende contenute in questo breve romanzo sono il frutto della mia immaginazione.

Davenport è in realtà una rassicurante e vitalissima città sul Mississippi al centro dello Stato agricolo dell'Iowa. Una storia così terribile, aggravata dall'omertà dei potenti di allora, non avrebbe mai potuto aver luogo in quel contesto.

Se Davenport non ha nulla a che fare con questa storia è al contrario esistita fino a pochi anni fa, in un piccolo centro della Scott County di cui non rivelerò il nome, una Snakes Hall del tutto simile a quella descritta nel racconto. Un edificio sinistro che mi fu mostrato in occasione dei sopralluoghi che anticipavano le riprese di *Bix*, film biografico sulla vita del leggendario cornettista Leon Beiderbecke.

Questa "Magione dei Serpenti" era situata sul culmine di una collina e, pur nel suo stato di totale abbandono, conservava ancora come decorazioni di porte e finestre e grondaie un'infinità di orripilanti grovigli di rettili di cemento.

Non mi fu permesso di visitare l'interno in quanto considerato pericolante dalla protezione civile.

La persona che ci accompagnava ci raccontò di un etologo (naturalmente non si chiamava Wittenmeyer) diventato multimilionario producendo analgesici tratti dal veleno dei rettili e che in quella stessa casa era stato commesso un atroce delitto per il quale erano state accusate due minorenni.

Ci raccontò pure che, successivamente, una donna di origine italiana aveva tentato di trasformare quel sinistro edificio in ristorante ma che dopo una permanenza di meno di due mesi era stata costretta a desistere indotta da ragioni che lei stessa non aveva mai voluto rivelare.

Che una donna, per giunta italiana, avesse potuto immaginare di trasformare quell'inquietante costruzione, nella quale si era consumato addirittura un delitto, in un locale destinato al piacere della tavola, mi parve assolutamente incomprensibile.

Doveva trattarsi di una donna del tutto speciale, che non poteva non incuriosirmi.

Così, utilizzando un volonteroso assistente della zona, avviai una ricerca di quella mia connazionale scoprendo che prima di approdare alla Snakes Hall era stata ricoverata per molti anni in una casa di cura nel Wisconsin, nei pressi di quella Baraboo dove in una sorta di museo all'aperto vengono conservati vecchi treni del secolo scorso.

Il destino voleva che non mi sbarazzassi di quella singolare vicenda, infatti proprio a Baraboo avrei dovuto girare su un vecchio convoglio ferroviario alcune sequenze del film.

Approfittai così di un sabato pomeriggio libero per farmi accompagnare in quella casa di cura.

La gentilezza di un impiegato mi permise di risalire all'identità di quella donna avendo la conferma che non solo era italiana ma addirittura nata a Bologna, quindi mia concittadina. Mi permise persino di parlare al telefono con uno degli psichiatri che l'avevano avuta in cura.

Questi ricordava bene che le sue turbe psichiche erano dovute alla responsabilità che sapeva di aver avuto nel suicidio di suo marito. Una sorta di premonizione che l'aveva angosciata fin dall'infanzia pareva all'origine di questo suo profondo malessere.

Il lavoro, il rientro in Italia, la mia vita di tutti i giorni fecero sì che quella vicenda restasse assegnata a una mezza dozzina di pagine di appunti, in ufficio, nel fondo di un cassetto.

Null'altro.

Altre storie nel frattempo mi avevano trascinato altrove.

Fu del tutto casualmente, due anni fa, che a una cena di un Rotary bolognese uno degli organizzatori manifestò la sua curiosità nei riguardi delle nostre frequentazioni cinematografiche del Midwest americano. Ci dilungammo elencando le reciproche esperienze e, soprattutto, una serie di peculiarità di quei luoghi, di quelle genti.

Non so come avvenne che accennai alla Snakes Hall e lui, di rimando, suscitando naturalmente il mio sconcerto, mi disse di conoscere, seppur in modo approssimativo, la storia di quella donna attraverso quanto gli aveva raccontato la di lei sorella, attualmente avvocato a Ferrara.

Fu così che ottenni un suo recapito postale e addirittura una e-mail.

Il caso aveva fatto sì che quella vicenda mi coinvolgesse nuovamente.

Scrissi a quella donna una prima, quindi una seconda lettera, chiedendo di incontrarla, di poterle parlare.

Malgrado le mie insistenze – credo di averle scritto almeno una mezza dozzina di volte –, non ottenni alcuna risposta fino allo scorso inverno, quando fui raggiunto da questa lettera che trascrivo diligentemente:

Egregio signor Avati,

rispondo seppur con riluttanza ai suoi tanti messaggi convinta da mia sorella che mi ha suggerito di farlo al fine di farla desistere dal cercarmi ancora.

Lei ha scelto una professione che, come molte professioni oggi, trova nelle vicende più dolorose delle persone spunti per trarne film o romanzi o dibattiti televisivi o quant'altro possa suscitare interesse, produrre divertimento nella gente. Mi permetta di definire questa scelta professionale parassitaria.

Perché lei possa comprendere il mio ostinato silenzio è bene che sappia che dopo il mio rientro in Italia e dopo un tentativo fallito di convivenza con la famiglia di mia sorella, che nel frattempo ha divorziato dal marito e ha uno dei suoi due figli con seri problemi di disadattamento, ho già cambiato due cliniche e a giorni mi appresto a trasferirmi in una terza dove mi auguro sapranno restituirmi a quella pace della mente che credo di meritare.

La sua curiosità nei riguardi degli eventi di quella casa resterà tale.

Già pochi giorni dopo la mia decisione di abbandonare l'idea di trasformarla in ristorante è calata su quei due drammaticissimi mesi di permanenza fra quelle mura una saracinesca che mi ha impedito di distinguere ciò che accadde da ciò che ho temuto o immaginato sia accaduto. So che giunsi alla decisione di arrendermi avendo contro gran parte dell'opinione pubblica cittadina e in occasione del ferimento, si sostenne del tutto incidentale seppur piuttosto grave, di una signora del luogo.

Oggi mi lega a quell'angosciante esperienza solo la consapevolezza di aver contratto un debito per una cifra cospicua con una banca del posto, debito che mia sorella si è assunto permettendomi di lasciare gli Stati Uniti.

Lei mi dice di aver incontrato uno dei medici che mi ebbe in cura nel Wisconsin durante quei terribili quindici anni. Immagino che le abbia fornito un mio quadro psichiatrico ben lontano dalla verità. Ecco perché fra le domande che mi ha posto, nelle tante sue missive, risponderò solo a quella concernente la mia prima infanzia e quella premonizione.

È assolutamente vero, come le è stato detto, che alla scuola materna, a Bologna, una vecchia conversa che viveva in una soffitta, isolata da tutti, mi rivelò il mio nome segreto.

Ma non mi disse solo questo.

Era una vecchia minuta, considerata pazza. Si diceva che da bambina avesse ucciso un suo fratellino affogandolo in una pozza nel Po di Volano.

Lei non solo mi rivelò il mio nome segreto ma che avrei dato la morte a qualcuno, che non avrei potuto evitare in alcun modo questo mio destino di dare la morte a una persona che amavo e che mi amava. Questo mi venne rivelato quando ero bambina e me lo sono portato dentro per tutta la vita.

Nel momento in cui scrissi una lettera alla madre di uno di quei giovani che mio marito molestava sapevo di obbedire al mio destino, al mio ruolo. Sapevo di uccidere Giulio. Lo sapevo io e lo sapeva lui. Ormai vivo nella convinzione che lui fece di tutto perché io lo scoprissi in quella atroce situazione in cui lo vidi.

Dopo aver tentato con tutte le sue forze di essere restituito alla normalità, mi chiese di morire e solo da me voleva la morte.

Faccia di questa mia storia quello che vuole, ci guadagni pure dei soldi, ma d'ora innanzi mi lasci in pace.

La prego.

F.M.

Naturalmente questa lettera non ottenne il risultato auspicato.

Anziché farmi desistere dall'occuparmi del caso, stimolò la mia fantasia, la mia curiosità.

Continuai le mie ricerche su quella Casa dei Serpenti e su quella donna.

Su ciò che per due mesi aveva fatto coincidere le loro due terribili vicende.

Un giorno dello scorso settembre ritenni di saperne abbastanza per inoltrarmi lungo quel sentiero così seducente che rende compatibili il verosimile e l'inverosimile.

Pupi Avati

Todi, estate 2007

«Il nascondiglio»
di Pupi Avati
Piccola Biblioteca Oscar
Arnoldo Mondadori Editore

Questo volume è stato stampato
presso Mondadori Printing S.p.A.
Stabilimento NSM – Cles (TN)
Stampato in Italia. Printed in Italy